吶喊

魯迅

商務印書館

＊ 岳麓出版社擁有本書圖片版權

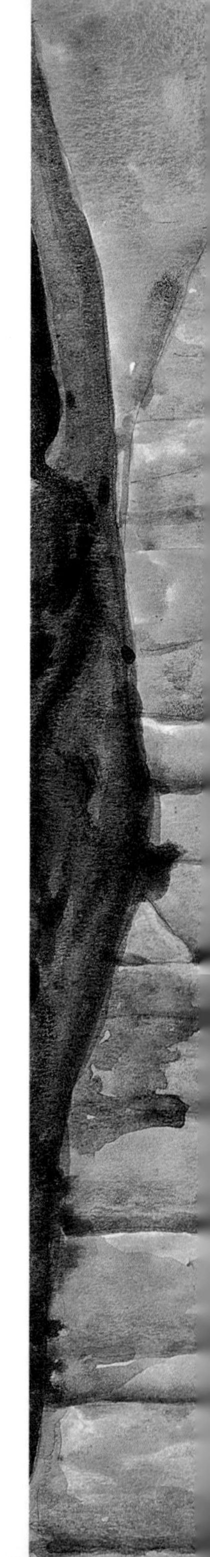

吶 喊

作 者：魯 迅

責任編輯：謝江艷

出 版：商務印書館（香港）有限公司

香港筲箕灣耀興道3號東滙廣場8樓

http://www.commercialpress.com.hk

發 行：香港聯合書刊物流有限公司

香港新界荃灣德士古道220-248號荃灣工業中心16樓

印 刷：中華商務彩色印刷有限公司

香港新界大埔汀麗路36號中華商務印刷大廈

版 次：2024年3月第14次印刷

ISBN 978 962 07 4424 2

Printed in China

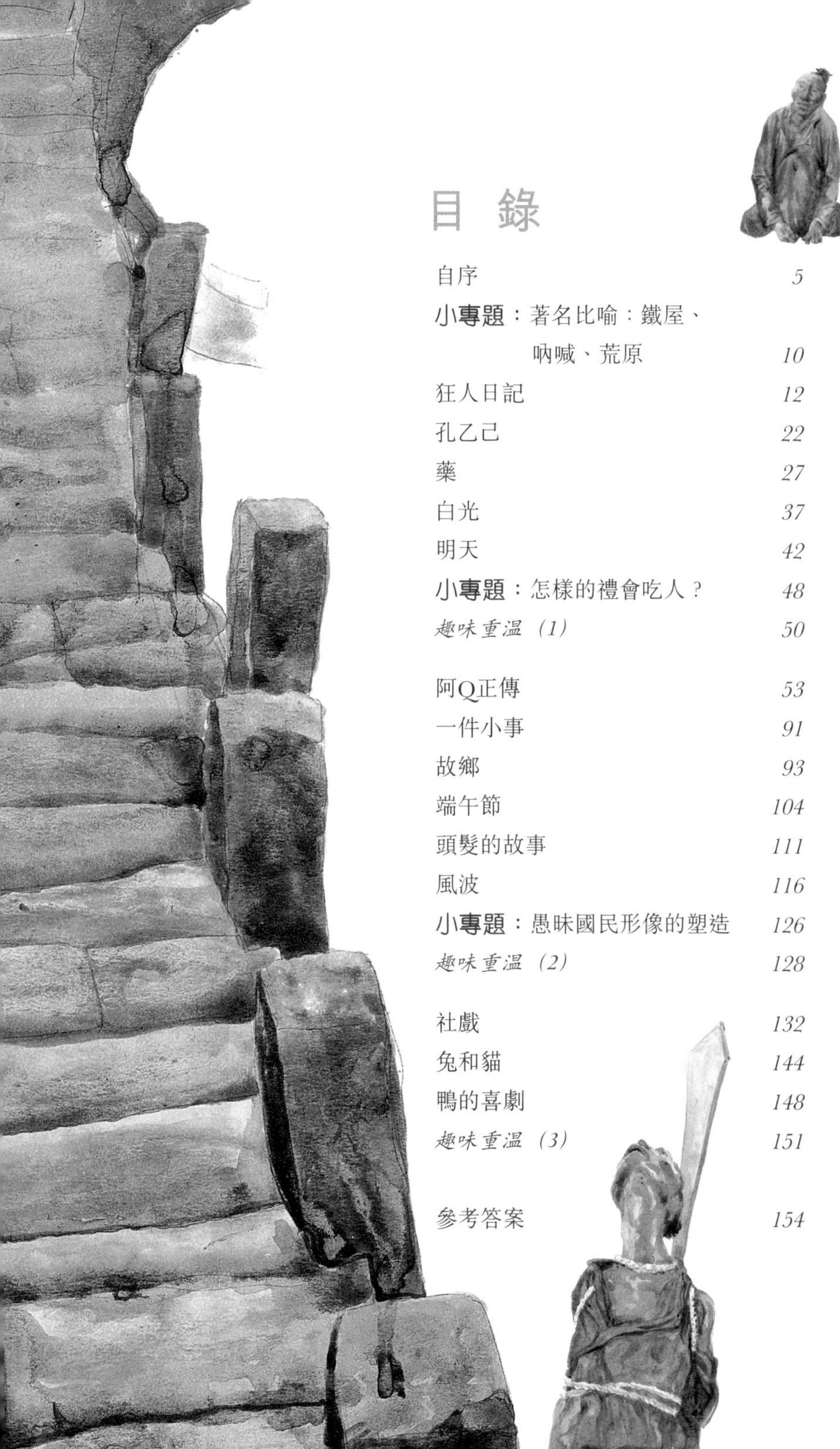

目 錄

自序

我在年青時候也曾經做過許多夢，後來大半忘卻了，但自己也並不以為可惜。所謂回憶者，雖説可以使人歡欣，有時也不免使人寂寞，使精神的絲縷還牽着已逝的寂寞的時光，又有甚麼意味呢，而我偏苦於不能全忘卻，這不能全忘的一部分，到現在便成了《吶喊》的來由。

我有四年多，曾經常常，——幾乎是每天，出入於質鋪和藥店裡，年紀可是忘卻了，總之是藥店的櫃枱正和我一樣高，質鋪的是比我高一倍，我從一倍高的櫃枱外送上衣服或首飾去，在侮蔑裡接了錢，再到一樣高的櫃枱上給我久病的父親去買藥。回家之後，又須忙別的事了，因為開方的醫生是最有名的，以此所用的藥引也奇特：冬天的蘆根，經霜三年的甘蔗，蟋蟀要原對的，結子的平地木，……多不是容易辦到的東西。然而我的父親終於日重一日的亡故了。

有誰從小康人家而墜入困頓的麼，我以為在這途路中，大概可以看見世人的真面目；我要到 N 進 K 學堂去了，彷彿是想走異路，逃異地，去尋求別樣的人們。我的母親沒有法，辦了八元的川資，説是由我的自便；然而伊哭了，這正是情理中的事，因為那時讀書應試是正路，所謂學洋務，社會上便以為是一種走投無路的人，只得將靈魂賣給鬼子，要加倍的奚落而且排斥的，而況伊又看不見自己的兒子了。然而我也顧不得這些事，終於到 N 去進了 K 學堂了，在這學堂裡，我才知道世上還有所謂格致，算學，地理，歷史，繪圖和體操。生理學並不教，但我們卻看到些木版的《全體新論》和《化學衛生論》之類了。我還記得先前的醫生的議論和方藥，和現在所知道的比較起來，便漸漸的悟得中醫不過是一種有意的或無意的騙子，同時又很起了對於被騙的病人和他的家族的同情；而且從譯出的歷史上，又知道了日本維新是大半發端於西方醫學的事實。

因為這些幼稚的知識，後來便使我的學籍列在日本一個鄉間的醫學專門學校裡了。我的夢很美滿，預備卒業回來，救治像我父親似的被誤的病人的疾苦，戰爭時候便去當軍醫，一面又促進了國人對於維新的信仰。我已不知道教授微生物學的方法，現在又有了怎樣的進步了，總之那時是用了電影，來顯示微生物的形狀的，因此有時講義的一段落已完，而時間還沒有到，教師便映些風景或時事的畫片給學生看，以用去這多餘的光陰。其時正當日俄戰爭的時候，關於戰事的畫片自然也就比較的多了，我在這一個講堂中，便須常常隨喜我那同學們的拍手和喝彩。有一回，我竟在畫片上忽然會見我久違的許多中國人了，一個綁在中間，許多站在左右，一樣是強壯的體格，而顯出麻木的神情。據解說，則綁着的是替俄國做了軍事上的偵探，正要被日軍砍下頭顱來示眾，而圍着的便是來賞鑒這示眾的盛舉的人們。

這一學年沒有完畢，我已經到了東京了，因為從那一回以後，我便覺得醫學並非一件緊要事，凡是愚弱的國民，即使體格如何健全，如何茁壯，也只能做毫無意義的示眾的材料和看客，病死多少是不必以為不幸的。所以我們的第一要著，是在改變他們的精神，而善於改變精神的是，我那時以為當然要推文藝，於是想提倡文藝運動了。在東京的留學生很有學法政理化以至警察工業的，但沒有人治文學和美術；可是在冷淡的空氣中，也幸而尋到幾個同志了，此外又邀集了必須的幾個人，商量之後，第一步當然是出雜誌，名目是取“新的生命”的意思，因為我們那時大抵帶些復古的傾向，所以只謂之《新生》。

《新生》的出版之期接近了，但最先就隱去了若干擔當文字的人，接着又逃走了資本，結果只剩下不名一錢的三個人。創始時候既已背時，失敗時候當然無可告語，而其後卻連這三個人也都為各自的運命所驅策，不能在一處縱談將來的好夢了，這就是我們的並未產生的《新生》的結局。

我感到未嘗經驗的無聊，是自此以後的事。我當初是不知其所以然的；後來想，凡有一人的主張，得了贊和，是促其前進的，得了反對，是促其奮鬥的，獨有叫喊於生人中，而生人並無反應，既非贊同，也無反對，如置身毫無邊際的荒原，無可措手的了，這是怎樣的悲哀呵，我於是以我所感到者為寂寞。

這寂寞又一天一天的長大起來，如大毒蛇，纏住了我的靈魂了。

然而我雖然自有無端的悲哀，卻也並不憤懣，因為這經驗使我反省，看見自己了：就是我決不是一個振臂一呼應者雲集的英雄。

只是我自己的寂寞是不可不驅除的，因為這於我太痛苦。我於是用了種種法，來麻醉自己的靈魂，使我沉入於國民中，使我回到古代去，後來也親歷或旁觀過幾樣更寂寞更悲哀的事，都為我所不願追懷，甘心使他們和我的腦一同消滅在泥土裡的，但我的麻醉法卻也似乎已經奏了功，再沒有青年時候的慷慨激昂的意思了。

S會館裡有三間屋，相傳是往昔曾在院子裡的槐樹上縊死過一個女人的，現在槐樹已經高不可攀了，而這屋還沒有人住；許多年，我便寓在這屋裡抄古碑。客中少有人來，古碑中也遇不到甚麼問題和主義，而我的生命卻居然暗暗的消去了，這也就是我惟一的願望。夏夜，蚊子多了，便搖着蒲扇坐在槐樹下，從密葉縫裡看那一點一點的青天，晚出的槐蠶又每每冰冷的落在頭頸上。

那時偶或來談的是一個老朋友金心異，將手提的大皮夾放在破桌上，脱下長衫，對面坐下了，因為怕狗，似乎心房還在怦怦的跳動。

“你抄了這些有甚麼用？”有一夜，他翻着我那古碑的抄本，發了研究的質問了。

“沒有甚麼用。”

“那麼，你抄他是甚麼意思呢？”

“沒有甚麼意思。”

“我想，你可以做點文章……”

我懂得他的意思了，他們正辦《新青年》，然而那時彷彿不特沒有人來贊同，並且也還沒有人來反對，我想，他們許是感到寂寞了，但是説：

“假如一間鐵屋子，是絕無窗戶而萬難破毀的，裡面有許多熟睡的人們，不久都要悶死了，然而是從昏睡入死滅，並不感到就死的悲哀。現在你大嚷起來，驚起了較為清醒的幾個人，使這不幸的少數者來受無可挽救的臨終的苦楚，你倒以為對得起他們麼？”

“然而幾個人既然起來，你不能説決沒有毀壞這鐵屋的希望。”

是的，我雖然自有我的確信，然而說到希望，卻是不能抹殺的，因為希望是在於將來，決不能以我之必無的證明，來折服了他之所謂可有，於是我終於答應他也做文章了，這便是最初的一篇〈狂人日記〉。從此以後，便一發而不可收，每寫些小說模樣的文章，以敷衍朋友們的囑託，積久就有了十餘篇。

在我自己，本以為現在是已經並非一個切迫而不能已於言的人了，但或者也還未能忘懷於當日自己的寂寞的悲哀罷，所以有時候仍不免吶喊幾聲，聊以慰藉那在寂寞裡奔馳的猛士，使他不憚於前驅。至於我的喊聲是勇猛或是悲哀，是可憎或是可笑，那倒是不暇顧及的；但既然是吶喊，則當然須聽將令的了，所以我往往不恤用了曲筆，在〈藥〉的瑜兒的墳上平空添上一個花環，在〈明天〉裡也不敘單四嫂子竟沒有做到看見兒子的夢，因為那時的主將是不主張消極的。至於自己，卻也並不願將自以為苦的寂寞，再來傳染給也如我那年青時候似的正做着好夢的青年。

這樣說來，我的小說和藝術的距離之遠，也就可想而知了，然而到今日還能蒙着小說的名，甚而至於且有成集的機會，無論如何總不能不說是一件僥倖的事，但僥倖雖使我不安於心，而懸揣人間暫時還有讀者，則究竟也仍然是高興的。

所以我竟將我的短篇小說結集起來，而且付印了，又因為上面所說的緣由，便稱之為《吶喊》。

一九二二年十二月三日，魯迅記於北京。

小專題

著名比喻：鐵屋、吶喊、荒原

《吶喊》是魯迅 1918 年到 1922 年的小説的結集，當時正是 1919 年五四新文學運動前後，魯迅是第一批以白話寫小説的作家，而且極為成功，其中〈孔乙己〉、〈阿 Q 正傳〉已成為中國文學的經典，魯迅亦成為新文學運動的奠基人。魯迅為《吶喊》寫了一篇自序，裡面交代了自己寫作的曲折經歷，又提出兩個深刻的比喻：鐵屋和荒原的比喻。而吶喊這行為貫串兩個比喻之中。

魯迅原名周樹人，1881 年生於浙江紹興。他本來是世家子弟，但是祖父因為涉及科舉作弊案而下獄，父親又患病，家道中落，令魯迅受盡白眼，感受到社會的冷酷與勢利，自序所講的典當一節，即是當時的心境。魯迅因此不能再做傳統讀書人，而只得學外國知識，當時叫學洋務，這在魯迅年青時，是被人看不起的出路。

受到父親的事刺激，又為了學洋務，魯迅轉到日本學醫。雖然受日本同學歧視，但也有對他很好的老師。可是一次播放 1905 年日俄在中國土地上打仗，日本軍殺中國人的電影，令他毅然棄醫從文。然而文學的道路一點不輕鬆。他把辦雜誌的經驗，以“叫喊於生人中”有如“置身毫無邊際的荒原，無所措手”去形容，這種無人理睬的感覺，比被人罵還難受。這種感受我們大概也曾有過，而魯迅用了一個生動的比喻來形容，使那種悲涼寂寞之感直印讀者腦海。

1909 年魯迅回到中國，政局反覆，個人無力改變現實的苦惱使他蟄居在紹興會館很長時間，不斷抄古碑消磨時間，排遣日子。直到錢玄同（即自序中的金心異）找他為陳獨秀 1917 年創辦的《新青年》寫小說，為新文學運動出力為止。

這裡引出了著名的鐵屋比喻。魯迅早在日本時已想用文藝喚醒愚昧的國民，結果和者寥寥。回國發展同樣經受不少挫折，政治動盪，革命又不成功，個人的聲音難以發生影響，使魯迅變得消沉。他以鐵屋來比喻這個可悲的中國社會， 認為中國人就像一群被困在鐵屋中昏睡的人，快要被悶死了。這鐵屋子卻是萬難破毀的，若高聲吶喊喚醒屋中的人，結果只增加醒來者的痛苦，還不如任他們昏睡至死，反倒沒有掙扎失敗的悲哀。因此他把自己視為新文學運動的小兵丁，只是為了不挫折勇士朋友而聽命寫作。然而大概因為他不能忘懷自己當日的寂寞和悲哀，事實卻是一寫就不可收拾，寫了很多篇作品，而且有極為成功的。魯迅以深刻的思想和生動的文學技巧，為新文學運動做了很好的作品示範，令寫作白話文學變得可信可行。

回頭說一句，魯迅在會館中抄古書也沒有白抄，他的中國小說研究和魏晉南北朝文章，令他成為有創見的學者。

狂人日記

某君昆仲，今隱其名，皆余昔日在中學校時良友；分隔多年，消息漸闕。日前偶聞其一大病；適歸故鄉，迂道往訪，則僅晤一人，言病者其弟也。勞君遠道來視，然已早癒，赴某地候補矣。因大笑，出示日記二冊，謂可見當日病狀，不妨獻諸舊友。持歸閱一過，知所患蓋"迫害狂"之類。語頗錯雜無倫次，又多荒唐之言；亦不著月日，惟墨色字體不一，知非一時所書。間亦有略具聯絡者，今撮錄一篇，以供醫家研究。記中語誤，一字不易；惟人名雖皆村人，不為世間所知，無關大體，然亦悉易去。至於書名，則本人癒後所題，不復改也。七年四月二日識。

一

今天晚上，很好的月光。

我不見他，已是三十多年；今天見了，精神分外爽快。才知道以前的三十多年，全是發昏；然而須十分小心。不然，那趙家的狗，何以看我兩眼呢？

我怕得有理。

二

今天全沒月光，我知道不妙。早上小心出門，趙貴翁的眼色便怪：似乎怕我，似乎想害我。還有七八個人，交頭接耳的議論我，又怕我看見。一路上的人，都是如此。其中最兇的一個人，張着嘴，對我笑了一笑；我便從頭直冷到腳跟，曉得他們佈置，都已妥當了。

我可不怕，仍舊走我的路。前面一夥小孩子，也在那裡議論我；眼色也同趙貴翁一樣，臉色也都鐵青。我想我同小孩子有甚麼仇，他也這樣。忍不住大聲說，“你告訴我！”他們可就跑了。

我想：我同趙貴翁有甚麼仇，同路上的人又有甚麼仇；只有廿年以前，把古久先生的陳年流水簿子，踹了一腳，古久先生很不高興。趙貴翁雖然不認識他，一定也聽到風聲，代抱不平；約定路上的人，同我作冤對。但是小孩子呢？那時候，他們還沒有出世，何以今天也睜着怪眼睛，似乎怕我，似乎想害我。這真教我怕，教我納罕而且傷心。

我明白了。這是他們娘老子教的！

三

晚上總是睡不着。凡事須得研究，才會明白。

他們——也有給知縣打枷過的，也有給紳士掌過嘴的，也有衙役佔了他妻子的，也有老子娘被債主逼死的；他們那時候的臉色，全沒有昨天這麼怕，也沒有這麼兇。

最奇怪的是昨天街上的那個女人，打她兒子，嘴裡說道，“老子呀！我要咬你幾口才出氣！”她眼睛卻看着我。我出了一驚，遮掩不住；那青面獠牙的一夥人，便都哄笑起來。陳老五趕上前，硬把我拖回家中了。

拖我回家，家裡的人都裝作不認識我；他們的眼色，也全同別人一樣。進了書房，便反扣上門，宛然是關了一隻雞鴨。這一件事，越教我猜不出底細。

前幾天，狼子村的佃戶來告荒，對我大哥說，他們村裡的一個大惡人，給大家打死了；幾個人便挖出他的心肝來，用油煎炒了吃，可以壯壯膽子。我插了一句嘴，佃戶和大哥便都看我幾眼。今天才曉得他們的眼光，全同外面的那夥人一模一樣。

想起來，我從頂上直冷到腳跟。

他們會吃人，就未必不會吃我。

你看那女人"咬你幾口"的話，和一夥青面獠牙人的笑，和前天佃户的話，明明是暗號。我看出他話中全是毒，笑中全是刀。他們的牙齒，全是白厲厲的排着，這就是吃人的傢伙。

照我自己想，雖然不是惡人，自從踹了古家的簿子，可就難説了。他們似乎別有心思，我全猜不出。況且他們一翻臉，便説人是惡人。我還記得大哥教我做論，無論怎樣好人，翻他幾句，他便打上幾個圈；原諒壞人幾句，他便説"翻天妙手，與眾不同"。我哪裡猜得到他們的心思，究竟怎樣；況且是要吃的時候。

凡事總須研究，才會明白。古來時常吃人，我也還記得，可是不甚清楚。我翻開歷史一查，這歷史沒有年代，歪歪斜斜的每頁上都寫着"仁義道德"幾個字。我橫豎睡不着，仔細看了半夜，才從字縫裡看出字來，滿本都寫着兩個字是"吃人"！

書上寫着這許多字，佃户説了這許多

話，卻都笑吟吟的睜着怪眼睛看我。

我也是人，他們想要吃我了！

四

早上，我靜坐了一會兒。陳老五送進飯來，一碗菜，一碗蒸魚；這魚的眼睛，白而且硬，張着嘴，同那一夥想吃人的人一樣。吃了幾筷，滑溜溜的不知是魚是人，便把它兜肚連腸的吐出。

我說"老五，對大哥說，我悶得慌，想到園裡走走。"老五不答應，走了，停一會，可就來開了門。

我也不動，研究他們如何擺佈我；知道他們一定不肯放鬆。果然！我大哥引了一個老頭子，慢慢走來；他滿眼兇光，怕我看出，只是低頭向着地，從眼鏡橫邊暗暗看我。大哥說，"今天你彷彿很好。"我說"是的。"大哥說，"今天請何先生來，給你診一診。"我說"可以！"其實我豈不知道這老頭子是劊子手扮的！無非藉了看脈這名目，揣一揣肥瘠：因這功勞，也分一片肉吃。我也不怕；雖然不吃人，膽子卻比他們還壯。伸出兩個拳頭，看他如何下手。老頭子坐着，閉了眼睛，摸了好一會，呆了好一會；便張開他鬼眼睛說，"不要亂想。靜靜的養幾天，就好了。"

不要亂想，靜靜的養！養肥了，他們是自然可以多吃；我有甚麼好處，怎麼會"好了"？他們這群人，又想吃人，又是鬼鬼祟祟，想法子遮掩，不敢直接下手，真要令我笑死。我忍不住，便放聲大笑起來，十分快活。自己曉得這笑聲裡面，有的是義勇和正氣。老頭子和大哥，都失了色，被我這勇氣正氣鎮壓住了。

但是我有勇氣，他們便越想吃我，沾光一點這勇氣。老頭子跨出門，走不多遠，便低聲對大哥說道，“趕緊吃罷！”大哥點點頭。原來也有你！這一件大發現，雖似意外，也在意中：合夥吃我的人，便是我的哥哥！

吃人的是我哥哥！

我是吃人的人的兄弟！

我自己被人吃了，可仍然是吃人的人的兄弟！

五

這幾天是退一步想：假使那老頭子不是劊子手扮的，真是醫生，也仍然是吃人的人。他們的祖師李時珍做的“本草甚麼”上，明明寫着人肉可以煎吃；他還能說自己不吃人麼？

至於我家大哥，也毫不冤枉他。他對我講書的時候，親口說過可以“易子而食”；又一回偶然議論起一個不好的人，他便說不但該殺，還當“食肉寢皮”。我那時年紀還小，心跳了好半天。前天狼子村佃户來說吃心肝的事，他也毫不奇怪，不住的點頭。可見心思是同從前一樣狠。既然可以“易子而食”，便甚麼都易得，甚麼人都吃得。我從前單聽他講道理，也糊塗過去；現在曉得他講道理的時候，不但唇邊還抹着人油，而且心裡滿裝着吃人的意思。

六

黑漆漆的，不知是日是夜。趙家的狗又叫起來了。

獅子似的兇心，兔子的怯弱，狐狸的狡猾，……

七

我曉得他們的方法，直接殺了，是不肯的，而且也不敢，怕有禍祟。所以他們大家聯絡，佈滿了羅網，逼我自戕。試看前幾天街上男女的樣子，和這幾天我大哥的作為，便足可悟出八九分了。最好是解下腰帶，掛在樑上，自己緊緊勒死；他們沒有殺人的罪名，又償了心願，自然都歡天喜地的發出一種嗚嗚咽咽的笑聲。否則驚嚇憂愁死了，雖則略瘦，也還可以首肯幾下。

他們是只會吃死肉的！——記得甚麼書上説，有一種東西，叫"海乙那"的，眼光和樣子都很難看；時常吃死肉，連極大的骨頭，都細細嚼爛，咽下肚子去，想起來也教人害怕。"海乙那"是狼的親眷，狼是狗的本家。前天趙家的狗，看我幾眼，可見他也同謀，早已接洽。老頭子眼看着地，豈能瞞得我過。

最可憐的是我的大哥，他也是人，何以毫不害怕；而且合夥吃我呢？還是歷來慣了，不以為非呢？還是喪了良心，明知故犯呢？

我詛咒吃人的人，先從他起頭；要勸轉吃人的人，也先從他下手。

八

其實這種道理，到了現在，他們也該早已懂得，……

忽然來了一個人；年紀不過二十左右，相貌是不很看得清楚，滿面笑容，對了我點頭，他的笑也不像真笑。我便問他，"吃人的事，對麼？"他仍然笑着説，"不是荒年，怎麼會吃人。"我立刻就曉得，他也是一夥，喜歡吃人的；便自勇氣百倍，偏要問他。

"對麼？"

"這等事問他甚麼。你真會……説笑話。……今天天氣很好。"

天氣是好，月色也很亮了。可是我要問你，“對麼？”

他不以為然了。含含糊糊的答道，“不……”

“不對？他們何以竟吃？！”

“沒有的事……”

“沒有的事？狼子村現吃；還有書上都寫着，通紅嶄新！”

他便變了臉，鐵一般青。睜着眼說，“有許有的，這是從來如此……”

“從來如此，便對麼？”

“我不同你講這些道理；總之你不該說，你說便是你錯！”

我直跳起來，張開眼，這人便不見了。全身出了一大片汗。他的年紀，比我大哥小得遠，居然也是一夥；這一定是他娘老子先教的。還怕已經教給他兒子了；所以連小孩子，也都惡狠狠的看我。

九

自己想吃人，又怕被別人吃了，都用着疑心極深的眼光，面面相覷。……

去了這心思，放心做事走路吃飯睡覺，何等舒服。這只是一條門檻，一個關頭。他們可是父子兄弟夫婦朋友師生仇敵和各不相識的人，都結成一夥，互相勸勉，互相牽掣，死也不肯跨過這一步。

十

大清早，去尋我大哥；他立在堂門外看天，我便走到他背後，攔住門，格外沉靜，格外和氣的對他說，

“大哥，我有話告訴你。”

“你說就是。”他趕緊回過臉來，點點頭。

“我只有幾句話，可是說不出來。大哥，大約當初野蠻的人，都吃過一點人。後來因為心思不同，有的不吃人了，一味要好，便變了人，變了真的人。有的卻還吃，——也同蟲子一樣，有的變了魚鳥猴子，一直變到人。有的不要好，至今還是蟲子。這吃人的人比不吃人的人，何等慚愧。怕比蟲子的慚愧猴子，還差得很遠很遠。

“易牙蒸了他兒子，給桀紂吃，還是一直從前的事。誰曉得從盤古開闢天地以後，一直吃到易牙的兒子；從易牙的兒子，一直吃到徐錫林；從徐錫林，又一直吃到狼子村捉住的人。去年城裡殺了犯人，還有一個生癆病的人，用饅頭蘸血舐。

“他們要吃我，你一個人，原也無法可想；然而又何必去入夥。吃人的人，甚麼事做不出；他們會吃我，也會吃你，一夥裡面，也會自吃。但只要轉一步，只要立刻改了，也就是人人太平。雖然從來如此，我們今天也可以格外要好，說是不能！大哥，我相信你能說，前天佃户要減租，你說過不能。”

當初，他還只是冷笑，隨後眼光便兇狠起來，一到說破他們的隱情，那就滿臉都變成青色了。大門外立着一夥人，趙貴翁和他的狗，也在裡面，都探頭探腦的挨進來。有的是看不出面貌，似乎用布蒙着；有的是仍舊青面獠牙，抿着嘴笑。我認識他們是一夥，都是吃人的人。可是也曉得他們心思很不一樣，一種是以為從來如此，應該吃的；一種是知道不該吃，可是仍然要吃，又怕別人說破他，所以聽了我的話，越發氣憤不過，可是抿着嘴冷笑。

這時候，大哥也忽然顯出兇相，高聲喝道，

“都出去！瘋子有甚麼好看！”

這時候，我又懂得一件他們的巧妙了。他們豈但不肯改，而且早已佈置；預備下一個瘋子的名目罩上我。將來吃了，不但太平無事，怕還會有人見情。佃户説的大家吃了一個惡人，正是這方法。這是他們的老譜！

陳老五也氣憤憤的直走進來。如何按得住我的口，我偏要對這夥人説，

“你們可以改了，從真心改起！要曉得將來容不得吃人的人，活在世上。

“你們要不改，自己也會吃盡。即使生得多，也會給真的人除滅了，同獵人打完狼子一樣！——同蟲子一樣！”

那一夥人，都被陳老五趕走了。大哥也不知哪裡去了。陳老五勸我回屋子裡去。屋裡面全是黑沉沉的。橫樑和椽子都在頭上發抖；抖了一會，就大起來，堆在我身上。

萬分沉重，動彈不得；他的意思是要我死。我曉得他的沉重是假的，便掙扎出來，出了一身汗。可是偏要説，

“你們立刻改了，從真心改起！你們要曉得將來是容不得吃人的人，……”

十一

太陽也不出，門也不開，日日是兩頓飯。

我捏起筷子，便想起我大哥；曉得妹子死掉的緣故，也全在他。那時我妹子才五歲，可愛可憐的樣子，還在眼前。母親哭個不住，他卻勸母親不要哭；大約因為自己吃了，哭起來不免有點過意不去。如果還能過意不去，……

妹子是被大哥吃了，母親知道沒有，我可不得而知。

母親想也知道；不過哭的時候，卻並沒有説明，大約也以為應當的了。記得我四五歲時，坐在堂前乘涼，大哥説爺娘生

病，做兒子的須割下一片肉來，煮熟了請他吃，才算好人；母親也沒有說不行。一片吃得，整個的自然也吃得。但是那天的哭法，現在想起來，實在還教人傷心，這真是奇極的事！

十二

不能想了。

四千年來時時吃人的地方，今天才明白，我也在其中混了多年；大哥正管着家務，妹子恰恰死了，他未必不和在飯菜裡，暗暗給我們吃。

我未必無意之中，不吃了我妹子的幾片肉，現在也輪到我自己，……

有了四千年吃人履歷的我，當初雖然不知道，現在明白，難見真的人！

十三

沒有吃過人的孩子，或者還有？

救救孩子……

一九一八年四月。

孔乙己

魯鎮的酒店的格局，是和別處不同的：都是當街一個曲尺形的大櫃枱，櫃裡面預備着熱水，可以隨時溫酒。做工的人，傍午傍晚散了工，每每花四文銅錢，買一碗酒，——這是二十多年前的事，現在每碗要漲到十文，——靠櫃外站着，熱熱的喝了休息；倘肯多花一文，便可以買一碟鹽煮筍，或者茴香豆，做下酒物了，如果出到十幾文，那就能買一樣葷菜，但這些顧客，多是短衣幫，大抵沒有這樣闊綽。只有穿長衫的，才踱進店面隔壁的房子裡，要酒要菜，慢慢地坐喝。

我從十二歲起，便在鎮口的咸亨酒店裡當夥計，掌櫃説，樣子太傻，怕侍候不了長衫主顧，就在外面做點事罷。外面的短衣主顧，雖然容易説話，但嘮嘮叨叨纏夾不清的也很不少。他們往往要親眼看着黃酒從罈子裡舀出，看過壺子底裡有水沒有，又親看將壺子放在熱水裡，然後放心：在這嚴重監督之下，攙水也很為難。所以過了幾天，掌櫃又説我幹不了這事。幸虧薦頭的情面大，辭退不得，便改為專管溫酒的一種無聊職務了。

我從此便整天的站在櫃枱裡，專管我的職務。雖然沒有甚麼失職，但總覺得有些單調，有些無聊。掌櫃是一副兇臉孔，主顧也沒有好聲氣，教人活潑不得；只有孔乙己到店，才可以笑幾聲，所以至今還記得。

孔乙己是站着喝酒而穿長衫的唯一的人。他身材很高大；青白臉色，皺紋間時常夾些傷痕；一部亂蓬蓬的花白的鬍子。穿的雖然是長衫，可是又髒又破，似乎十多年沒有補，也沒有洗。他對人説話，總是滿口之乎者也，教人半懂不懂的。因為他姓孔，別人便從描紅紙上的“上大人孔乙己”這半懂不懂的話裡，替他取下一個綽號，叫作孔乙己。孔乙己一到店，所有喝酒的人便都看着他笑，有的叫道，“孔乙己，你臉上又添上新傷疤了！”他不回答，對櫃裡說，“溫兩碗酒，要一碟茴香豆。”便排出九文大錢。他們又故意的高聲嚷道，“你一定又偷了人家的東西了！”孔乙己睜大眼睛說，“你怎麼這樣憑空污人清白……”“甚麼清白？我前天親眼見你偷了何家的書，吊着打。”孔乙己便漲紅了臉，額上的青筋條條綻出，爭辯道，“竊書不能算偷……竊書！……讀書人的事，能算偷麼？”接連便是難懂的話，甚麼“君子固窮”，甚麼“者乎”之類，引得眾人都哄笑起來：店內外充滿了快活的空氣。

聽人家背地裡談論，孔乙己原來也讀過書，但終於沒有進學，又不會營生；於是愈過愈窮，弄到將要討飯了。幸而寫得一筆好字，便替人家抄抄書，換一碗飯吃。可惜他又有一樣壞脾氣，便是好吃懶做。坐不到幾天，便連人和書籍紙張筆硯，一齊失蹤。如是幾次，叫他抄書的人也沒有了。孔乙己沒有法，便免不了偶然做些偷竊的事。但他在我們店裡，品行卻比別人都好，就是從不拖欠；雖然間或沒有現錢，暫時記在粉板上，但不出一月，定然還清，從粉板上拭去了孔乙己的名字。

孔乙己喝過半碗酒，漲紅的臉色漸漸復了原，旁人便又問道，“孔乙己，你當真認識字麼？”孔乙己看着問他的人，顯出不屑置辯的神氣。他們便接着說道，“你怎的連半個秀才也撈不到呢？”孔乙己立刻顯出頹唐不安模樣，臉上籠上了一層灰色，嘴裡說些話；這回可是全是之乎者也之類，一些不懂了。在這時候，眾人也都哄笑起來：店內外充滿了快活的空氣。

在這些時候，我可以附和着笑，掌櫃是決不責備的。而且掌櫃見了孔乙己，也每每這樣問他，引人發笑。孔乙己自己知道不能和他們談天，便只好向孩子説話。有一回對我説道，“你讀過書麼？”我略略點一點頭。他説，“讀過書，……我便考你一考。茴香豆的茴字，怎樣寫的？”我想，討飯一樣的人，也配考我麼？便回過臉去，不再理會。孔乙己等了許久，很懇切的説道，“不能寫罷？……我教給你，記着！這些字應

該記着。將來做掌櫃的時候，寫賬要用。”我暗想我和掌櫃的等級還很遠呢，而且我們掌櫃也從不將茴香豆上賬；又好笑，又不耐煩，懶懶的答他道，“誰要你教，不是草頭底下一個來回的回字麼？”孔乙己顯出極高興的樣子，將兩個指頭的長指甲敲着櫃枱，點頭説，“對呀對呀！……回字有四樣寫法，你知道麼？”我愈不耐煩了，努着嘴走遠。孔乙己剛用指甲蘸了酒，想在櫃上寫字，見我毫不熱心，便又歎一口氣，顯出極惋惜的樣子。

有幾回，鄰舍孩子聽得笑聲，也趕熱鬧，圍住了孔乙己。他便給他們吃茴香豆，一人一顆。孩子吃完豆，仍然不散，眼睛都望着碟子。孔乙己着了慌，伸開五指將碟子罩住，彎腰下去説道，“不多了，我已經不多了。”直起身又看一看豆，自己搖頭説，“不多不多！多乎哉？不多也。”於是這一群孩子都在笑聲裡走散了。

孔乙己是這樣的使人快活，可是沒有他，別人也便這麼過。

有一天，大約是中秋前的兩三天，掌櫃正在慢慢的結賬，取下粉板，忽然説，“孔乙己長久沒有來了。還欠十九個錢呢！”我才也覺得他的確長久沒有來了。一個喝酒的人説道，“他怎麼會來？……他打折了腿了。”掌櫃説，“哦！”“他總仍舊是偷。這一回，是自己發昏，竟偷到丁舉人家裡去了。他家的東西，偷得的麼？”“後來怎麼樣？”“怎麼樣？先寫服辯，後來是打，打了大半夜，再打折了腿。”“後來呢？”“後來打折了腿了。”“打折了怎樣呢？”“怎樣？……誰曉得？許是死了。”掌櫃也不再問，仍然慢慢的算他的賬。

中秋過後，秋風是一天涼比一天，看看將近初冬；我整天的靠着火，也須穿上棉襖了。一天的下半天，沒有一個顧客，我正合了眼坐着。忽然間聽得一個聲音，"溫一碗酒。"這聲音雖然極低，卻很耳熟。看時又全沒有人。站起來向外一望，那孔乙己便在櫃枱下對了門檻坐着。他臉上黑而且瘦，已經不成樣子；穿一件破裌襖，盤着兩腿，下面墊一個蒲包，用草繩在肩上掛住；見了我，又說道，"溫一碗酒。"掌櫃也伸出頭去，一面說，"孔乙己麼？你還欠十九個錢呢！"孔乙己很頹唐的仰面答道，"這……下回還清罷。這一回是現錢，酒要好。"掌櫃仍然同平常一樣，笑着對他說，"孔乙己，你又偷了東西了！"但他這回卻不十分分辯，單說了一句"不要取笑！""取笑？要是不偷，怎麼會打斷腿？"孔乙己低聲說道，"跌斷，跌，跌……"他的眼色，很像懇求掌櫃，不要再提。此時已經聚集了幾個人，便和掌櫃都笑了。我溫了酒，端出去，放在門檻上。他從破衣袋裡摸出四文大錢，放在我手裡，見他滿手是泥，原來他便用這手走來的。不一會，他喝完酒，便又在旁人的說笑聲中，坐着用這手慢慢走去了。

自此以後，又長久沒有看見孔乙己。到了年關，掌櫃取下粉板說，"孔乙己還欠十九個錢呢！"到第二年的端午，又說"孔乙己還欠十九個錢呢！"到中秋可是沒有說，再到年關也沒有看見他。

我到現在終於沒有見——大約孔乙己的確死了。

一九一九年三月。

藥

一

秋天的後半夜，月亮下去了，太陽還沒有出，只剩下一片烏藍的天；除了夜遊的東西，甚麼都睡着。華老栓忽然坐起身，擦着火柴，點上遍身油膩的燈盞，茶館的兩間屋子裡，便瀰滿了青白的光。

“小栓的爹，你就去麼？”是一個老女人的聲音。裡邊的小屋子裡，也發出一陣咳嗽。

“唔。”老栓一面聽，一面應，一面扣上衣服；伸手過去說，“你給我罷。”

華大媽在枕頭底下掏了半天，掏出一包洋錢，交給老栓，老栓接了，抖抖的裝入衣袋，又在外面按了兩下；便點上燈籠，吹熄燈盞，走向裡屋子去了。那屋子裡面，正在窸窸窣窣的響，接着便是一通咳嗽。老栓候他平靜下去，才低低的叫道，“小栓……你不要起來。……店麼？你娘會安排的。”

老栓聽得兒子不再說話，料他安心睡了；便出了門，走到街上。街上黑沉沉的一無所有，只有一條灰白的路，看得分明。燈光照着他的兩腳，一前一後的走。有時也遇到幾隻狗，可是一隻也沒有叫。天氣比屋子裡冷得多了；老栓倒覺爽快，彷彿一旦變了少年，得了神通，有給人生命的本領似的，跨步格外高遠。而且路也愈走愈分明，天也愈走愈亮了。

老栓正在專心走路，忽然吃了一驚，遠遠裡看見一條丁字街，明明白白橫着。他便退了幾步，尋到一家關着門的舖子，蹩進簷下，靠門立住了。好一會，身上覺得有些發冷。

“哼，老頭子。”

“倒高興……。”

老栓又吃一驚，睜眼看時，幾個人從他面前過去了。一個還回頭看他，樣子不甚分明，但很像久餓的人見了食物一般，眼裡閃出一種攫取的光。老栓看看燈籠，已經熄了。按一按衣袋，硬硬的還在。仰起頭兩面一望，只見許多古怪的人，三三兩兩，鬼似的在那裡徘徊；定睛再看，卻也看不出甚麼別的奇怪。

沒有多久，又見幾個兵，在那邊走動；衣服前後的一個大白圓圈，遠地裡也看得清楚，走過面前的，並且看出號衣上暗紅的鑲邊。—— 一陣腳步聲響，一眨眼，已經擁過了一大簇人。那三三兩兩的人，也忽然合作一堆，潮一般向前趕；將到丁字街口，便突然立住，簇成一個半圓。

老栓也向那邊看，卻只見一堆人的後背；頸項都伸得很長，彷彿許多鴨，被無形的手捏住了的，向上提着。靜了一會，似乎有點聲音，便又動搖起來，轟的一聲，都向後退；一直散到老栓立着的地方，幾乎將他擠倒了。

“喂！一手交錢，一手交貨！”一個渾身黑色的人，站在老栓面前，眼光正像兩把刀，刺得老栓縮小了一半。那人一隻大手，向他攤着；一隻手卻撮着一個鮮紅的饅頭，那紅的還是一點一點的往下滴。

老栓慌忙摸出洋錢，抖抖的想交給他，卻又不敢去接他的東西。那人便焦急起來，嚷道，“怕甚麼？怎的不拿！”老栓還躊躇着；黑的人便搶過燈籠，一把扯下紙罩，裹了饅頭，塞與老栓；一手抓過洋錢，捏一捏，轉身去了。嘴裡哼着說，“這老東西……。”

“這給誰治病的呀？”老栓也似乎聽得有人問他，但他並不答應；他的精神，現在只在一個包上，彷彿抱着一個十世單傳的嬰兒，別的事情，都已置之度外了。他現在要將這包裡的新的生命，移植到他家裡，收穫許多幸福。太陽也出來了；在他面前，顯出一條大道，直到他家中，後面也照見丁字街頭破匾上"古□亭口"這四個黯淡的金字。

二

老栓走到家，店面早經收拾乾淨，一排一排的茶桌，滑溜溜的發光。但是沒有客人；只有小栓坐在裡排的桌前吃飯，大粒的汗，從額上滾下，裌襖也貼住了脊心，兩塊肩胛骨高高凸出，印成一個陽文的"八"字。老栓見這樣子，不免皺一皺展開的眉心。他的女人，從灶下急急走出，睜着眼睛，嘴唇有些發抖。

"得了麼？"

"得了。"

兩個人一齊走進灶下，商量了一會；華大媽便出去了，不多時，拿着一片老荷葉回來，攤在桌上。老栓也打開燈籠罩，用荷葉重新包了那紅的饅頭。小栓也吃完飯，他的母親慌忙說：

"小栓——你坐着，不要到這裡來。"

一面整頓了灶火，老栓便把一個碧綠的包，一個紅紅白白的破燈籠，一同塞在灶裡；一陣紅黑的火焰過去時，店屋裡散滿了一種奇怪的香味。

"好香！你們吃甚麼點心呀？"這是駝背五少爺到了。這人每天總在茶館裡過日，來得最早，去得最遲，此時恰恰蹩到臨街的壁角的桌邊，便坐下問話，然而沒有人答應他。"炒米粥麼？"仍然沒有人應。老栓匆匆走出，給他泡上茶。

"小栓進來罷！"華大媽叫小栓進了裡面的屋子，中間放好一條櫈，小栓坐了。他的母親端過一碟烏黑的圓東西，輕輕說：

"吃下去罷，——病便好了。"

小栓撮起這黑東西，看了一會，似乎拿着自己的性命一般，心裡說不出的奇怪。十分小心的拗開了，焦皮裡面竄出一道白氣，白氣散了，是兩半個白麵的饅頭。——不多工夫，已經全在肚裡了，卻全忘了甚麼味；面前只剩下一張空盤。他的旁邊，一面立着他的父親，一面立着他的母親，兩人的眼光，都彷彿要在他身上注進甚麼又要取出甚麼似的；便禁不住心跳起來，按着胸膛，又是一陣咳嗽。

"睡一會罷，——便好了。"

小栓依他母親的話，咳着睡了。華大媽候他喘氣平靜，才輕輕的給他蓋上了滿幅補釘的袷被。

三

店裡坐着許多人，老栓也忙了，提着大銅壺，一趟一趟的給客人沖茶；兩個眼眶，都圍着一圈黑線。

"老栓，你有些不舒服麼？——你生病麼？"一個花白鬍子的人說。

"沒有。"

"沒有？——我想笑嘻嘻的，原也不像……"花白鬍子便取消了自己的話。

"老栓只是忙。要是他的兒子……"駝背五少爺話還未完，突然闖進了一個滿臉橫肉的人，披一件玄色布衫，散着鈕扣，用很寬的玄色腰帶，胡亂捆在腰間。剛進門，便對老栓嚷道：

"吃了麼？好了麼？老栓，就是運氣了你！你運氣，要不是我信息靈……。"

老栓一手提了茶壺，一手恭恭敬敬的垂着；笑嘻嘻的聽。滿座的人，也都恭恭敬敬的聽。華大媽也黑着眼眶，笑嘻嘻的送出茶碗茶葉來，加上一個橄欖，老栓便去沖了水。

"這是包好！這是與眾不同的。你想，趁熱的拿來，趁熱的吃下。"橫肉的人只是嚷。

"真的呢，要沒有康大叔照顧，怎麼會這樣……"華大媽也很感激的謝他。

"包好，包好！這樣的趁熱吃下。這樣的人血饅頭，甚麼癆病都包好！"

華大媽聽到"癆病"這兩個字，變了一點臉色，似乎有些不高興；但又立刻堆上笑，搭訕着走開了。這康大叔卻沒有覺察，仍然提高了喉嚨只是嚷，嚷得裡面睡着的小栓也合夥咳嗽起來。

"原來你家小栓碰到了這樣的好運氣了。這病自然一定全好；怪不得老栓整天的笑着呢。"花白鬍子一面說，一面走到康大叔面前，低聲下氣的問道，"康大叔——聽說今天結果的一個犯人，便是夏家的孩子，那是誰的孩子？究竟是甚麼事？"

"誰的？不就是夏四奶奶的兒子麼？那個小傢伙！"康大叔見眾人都聳起耳朵聽他，便格外高興，橫肉塊塊飽綻，越發大聲說，"這小東西不要命，不要就是了。我可是這一回一點沒有得到好處；連剝下來的衣服，都給管牢的紅眼睛阿義拿去了。——第一要算我們栓叔運氣；第二是夏三爺賞了二十五兩雪白的銀子，獨自落腰包，一文不花。"

小栓慢慢的從小屋子走出，兩手按了胸口，不住的咳嗽；走到灶下，盛出一碗冷飯，泡上熱水，坐下便吃。華大媽跟着他走，輕輕的問道，"小栓，你好些麼？——你仍舊只是肚餓？……"

"包好，包好！"康大叔瞥了小栓一眼，仍然回過臉，對眾人說，"夏三爺真是乖角兒，要是他不先告官，連他滿門抄斬。現在怎樣？銀子！——這小東西也真不成東西！關在牢裡，還要勸牢頭造反。"

"阿呀，那還了得。"坐在後排的一個二十多歲的人，很現出氣憤模樣。

“你要曉得紅眼睛阿義是去盤盤底細的，他卻和他攀談了。他說：這大清的天下是我們大家的。你想：這是人話麼？紅眼睛原知道他家裡只有一個老娘，可是沒有料到他竟會那麼窮，榨不出一點油水，已經氣破肚皮了。他還要老虎頭上搔癢，便給他兩個嘴巴！”

“義哥是一手好拳棒，這兩下，一定夠他受用了。”壁角的駝背忽然高興起來。

“他這賤骨頭打不怕，還要說可憐可憐哩。”

花白鬍子的人說，“打了這種東西，有甚麼可憐呢？”

康大叔顯出看他不上的樣子，冷笑着說，“你沒有聽清我的話；看他神氣，是說阿義可憐哩！”

聽着的人的眼光，忽然有些板滯；話也停頓了。小栓已經吃完飯，吃得滿頭流汗，頭上都冒出蒸氣來。

"阿義可憐——瘋話，簡直是發了瘋了。"花白鬍子恍然大悟似的説。

"發了瘋了。"二十多歲的人也恍然大悟的説。

店裡的坐客，便又現出活氣，談笑起來。小栓也趁着熱鬧，拚命咳嗽；康大叔走上前，拍他肩膀説：

"包好！小栓——你不要這麼咳。包好！"

"瘋了。"駝背五少爺點着頭説。

四

西關外靠着城根的地面，本是一塊官地；中間歪歪斜斜一條細路，是貪走便道的人，用鞋底造成的，但卻成了自然的界限。路的左邊，都埋着死刑和瘐斃的人，右邊是窮人的叢塚。兩面都已埋到層層疊疊，宛然闊人家裡祝壽時候的饅頭。

這一年的清明，分外寒冷；楊柳才吐出半粒米大的新芽。天明未久，華大媽已在右邊的一座新墳前面，排出四碟菜，一碗飯，哭了一場。化過紙，呆呆的坐在地上；彷彿等候甚麼似的，但自己也説不出等候甚麼。微風起來，吹動她短髮，確乎比去年白得多了。

小路上又來了一個女人，也是半白頭髮，襤褸的衣裙；提一個破舊的硃漆圓籃，外掛一串紙錠，三步一歇的走。忽然見華大媽坐在地上看她，便有些躊躇，慘白的臉上，現出些羞愧的顏色；但終於硬着頭皮，走到左邊的一座墳前，放下了籃子。

那墳與小栓的墳，一字兒排着，中間只隔一條小路。華大媽看她排好四碟菜，一碗飯，立着哭了一通，化過紙錠；心裡暗暗地想，"這墳裡的也是兒子了。"那老女人徘徊觀望了一回，忽然手腳有些發抖，蹌蹌踉踉退下幾步，瞪着眼只是發怔。

華大媽見這樣子，生怕她傷心到快要發狂了；便忍不住立起身，跨過小路，低聲對她説，"你這位老奶奶不要傷心了，

——我們還是回去罷。”

那人點一點頭，眼睛仍然向上瞪着；也低聲吃吃的說道，“你看，——看這是甚麼呢？”

華大媽跟了她指頭看去，眼光便到了前面的墳，這墳上草根還沒有全合，露出一塊一塊的黃土，煞是難看。再往上仔細看時，卻不覺也吃一驚；——分明有一圈紅白的花，圍着那尖圓的墳頂。

她們的眼睛都已老花多年了，但望這紅白的花，卻還能明白看見。花也不很多，圓圓的排成一個圈，不很精神，倒也整齊。華大媽忙看她兒子和別人的墳，卻只有不怕冷的幾點青白小花，零星開着；便覺得心裡忽然感到一種不足和空虛，不願意根究。那老女人又走近幾步，細看了一遍，自言自語的説，“這沒有根，不像自己開的。——這地方有誰來呢？孩子不會來玩；——親戚本家早不來了。——這是怎麼一回事呢？”她想了又想，忽又流下淚來，大聲説道：

“瑜兒，他們都冤枉了你，你還是忘不了，傷心不過，今天特意顯點靈，要我知道麼？”她四面一看，只見一隻烏鴉，站在一株沒有葉的樹上，便接着説，“我知道了。——瑜兒，可憐他們坑了你，他們將來總有報應，天都知道；你閉了眼睛就是了。——你如果真在這裡，聽到我的話，——便教這烏鴉飛上你的墳頂，給我看罷。”

微風早經停息了；枯草支支直立，有如銅絲。一絲發抖的聲音，在空氣中愈顫愈細，細到沒有，周圍便都是死一般靜。兩人站在枯草叢裡，仰面看那烏鴉；那烏鴉也在筆直的樹枝間，縮着頭，鐵鑄一般站着。

許多的工夫過去了；上墳的人漸漸增多，幾個老的小的，在土墳間出沒。

華大媽不知怎的，似乎卸下了一挑重擔，便想到要走；一面勸着説，“我們還是回去罷。”

那老女人歎一口氣，無精打采的收起飯菜；又遲疑了一刻，終於慢慢地走了。嘴裡自言自語的説，“這是怎麼一回事呢？……”

她們走不上二三十步遠，忽聽得背後“啞——”的一聲大叫；兩個人都竦然的回過頭，只見那烏鴉張開兩翅，一挫身，直向着遠處的天空，箭也似的飛去了。

一九一九年四月。

白光

陳士成看過縣考的榜，回到家裡的時候，已經是下午了。他去得本很早，一見榜，便先在這上面尋陳字。陳字也不少，似乎也都爭先恐後的跳進他眼睛裡來，然而接着的卻全不是士成這兩個字。他於是重新再在十二張榜的圓圖裡細細地搜尋，看的人全已散盡了，而陳士成在榜上終於沒有見，單站在試院的照壁的面前。

涼風雖然拂拂的吹動他斑白的短髮，初冬的太陽卻還是很溫和的來曬他。但他似乎被太陽曬得頭暈了，臉色越加變成灰白，從勞乏的紅腫的兩眼裡，發出古怪的閃光。這時他其實早已不看到甚麼牆上的榜文了，只見有許多烏黑的圓圈，在眼前泛泛的遊走。

雋了秀才，上省去鄉試，一徑聯捷上去，……紳士們既然千方百計的來攀親，人們又都像看見神明似的敬畏，深悔先前的輕薄，發昏，……趕走了租住在自己破宅門裡的雜姓——那是不勞說趕，自己就搬的，——屋宇全新了，門口是旗竿和匾額，……要清高可以做京官，否則不如謀外放。……他平日安排停當的前程，這時候又像受潮的糖塔一般，剎時倒塌，只剩下一堆碎片了。他不自覺的旋轉了覺得渙散了身軀，惘惘的走向歸家的路。

他剛到自己的房門口，七個學童便一齊放開喉嚨，吱的唸起書來。他大吃一驚，耳朵邊似乎敲了一聲磬，只見七個頭拖了小辮子在眼前晃，晃得滿房，黑圈子也夾着跳舞。他坐下了，他們送上晚課來，臉上都顯出小覷他的神色。

“回去罷。”他遲疑了片時，這才悲慘的説。

他們胡亂的包了書包，挾着，一溜煙跑走了。

陳士成還看見許多小頭夾着黑圓圈在眼前跳舞，有時雜亂，有時也擺成異樣的陣圖，然而漸漸的減少了，模糊了。

“這回又完了！”

他大吃一驚，直跳起來，分明就在耳邊的話，回過頭去卻並沒有甚麼人，彷彿又聽得嗡的敲了一聲磬，自己的嘴也説道：

“這回又完了！”

他忽而舉起一隻手來，屈指計數着想，十一，十三回，連今年是十六回，竟沒有一個考官懂得文章，有眼無珠，也是可憐的事，便不由嘻嘻的失了笑。然而他憤然了，驀地從書包布底下抽出謄真的制藝和試帖來，拿着往外走，剛近房門，卻看見滿眼都明亮，連一群雞也正在笑他，便禁不住心頭突突的狂跳，只好縮回裡面了。

他又就了坐，眼光格外的閃爍；他目睹着許多東西，然而很模糊，——是倒塌了的糖塔一般的前程躺在他面前，這前程又只是廣大起來，阻住了他的一切路。

別家的炊煙早消歇了，碗筷也洗過了，而陳士成還不去做飯。寓在這裡的雜姓是知道老例的，凡遇到縣考的年頭，看見發榜後的這樣的眼光，不如及早關了門，不要多管事。最先就絕了人聲，接着是陸續的熄了燈火，獨有月亮，卻緩緩的出現在寒夜的空中。

空中青碧到如一片海，略有些浮雲，彷彿有誰將粉筆洗在筆洗裡似的搖曳。月亮對着陳士成注下寒冷的光波來，當初也不過像是一面新磨的鐵鏡罷了，而這鏡卻詭秘的照透了陳士成的全身，就在他身上映出鐵的月亮的影。

他還在房外的院子裡徘徊，眼裡頗清靜了，四近也寂靜。但這寂靜忽又無端的紛擾起來，他耳邊又確鑿聽到急促的低聲説：

“左彎右彎……”

他聳然了，傾耳聽時，那聲音卻又提高的復述道：

“右彎！”

他記得了。這院子，是他家還未如此凋零的時候，一到夏天的夜間，夜夜和他的祖母在此納涼的院子。那時他不過十歲有零的孩子，躺在竹榻上，祖母便坐在榻旁邊，講給他有趣的故事聽。伊說是曾經聽得伊的祖母說，陳氏的祖宗是巨富的，這屋子便是祖基，祖宗埋着無數的銀子，有福氣的子孫一定會得到的罷，然而至今還沒有現。至於處所，那是藏在一個謎語的中間：

“左彎右彎，前走後走，量金量銀不論斗。”

對於這謎語，陳士成便在平時，本也常常暗地裡加以揣測的，可惜大抵剛以為可通，卻又立刻覺得不合了。有一回，他確有把握，知道這是在租給唐家的房底下的了，然而總沒有前去發掘的勇氣；過了幾時，可又覺得太不相像了。至於他自己房子裡的幾個掘過的舊痕跡，那卻全是先前幾回下第以後的發了怔忡的舉動，後來自己一看到，也還感到慚愧而且羞人。

但今天鐵的光罩住了陳士成，又軟軟的來勸他了，他或者偶一遲疑，便給他正經的證明，又加上陰森的摧逼，使他不得不又向自己的房裡轉過眼光去。

白光如一柄白團扇，搖搖擺擺的閃起在他房裡了。

“也終於在這裡！”

他說着，獅子似的趕快走進那房裡去，但跨進裡面的時候，便不見了白光的影蹤，只有莽蒼蒼的一間舊房，和幾個破書桌都沒在昏暗裡。他爽然的站着，慢慢的再定睛，然而白光卻分明的又起來了，這回更廣大，比硫磺火更白淨，比朝霧更霏微，而且便在靠東牆的一張書桌下。

陳士成獅子似的奔到門後邊，伸手去摸鋤頭，撞着一條黑影。他不知怎的有些怕了，張惶的點了燈，看鋤頭無非倚着。他移開桌子，用鋤頭一氣掘起四塊大方磚，蹲身一看，照例是黃澄澄的細沙，揎了袖爬開細沙，便露出下面的黑土來。他極小心的，幽靜的，一鋤一鋤往下掘，然而深夜究竟太寂靜了，尖鐵觸土的聲音，總是鈍重的不肯瞞人的發響。

土坑深到二尺多了，並不見有甕口，陳士成正心焦，一聲脆響，頗震得手腕痛，鋤尖碰到甚麼堅硬的東西了；他急忙拋下鋤頭，摸索着看時，一塊大方磚在下面。他的心抖得很利害，聚精會神的挖起那方磚來，下面也滿是先前一樣的黑土，爬鬆了許多土，下面似乎還無窮。但忽而又觸着堅硬的小東西了，圓的，大約是一個鏽銅錢；此外也還有幾片破碎的磁片。

陳士成心裡彷彿覺得空虛了，渾身流汗，急躁的只爬搔；這其間，心在空中一抖動，又觸着一種古怪的小東西了，這似乎約略有些馬掌形的，但觸手很鬆脆。他又聚精會神的挖起那東西來，謹慎的撮着，就燈光下仔細看時，那東西斑斑剝剝的像是爛骨頭，上面還帶着一排零落不全的牙齒。他已經悟到這許是下巴骨了，而那下巴骨也便在他手裡索索的動彈起來，而且笑吟吟的顯出笑影，終於聽得他開口道：

“這回又完了！”

他慄然的發了大冷，同時也放了手，下巴骨輕飄飄的回到坑底裡不多久，他也就逃到院子裡了。他偷看房裡面，燈火如此輝煌，下巴骨如此嘲笑，異乎尋常的怕人，便再不敢向那邊看。他躲在遠處的簷下的陰影裡，覺得較為平安了；但在這平安中，忽而耳朵邊又聽得竊竊的低聲說：

"這裡沒有……到山裡去……"

陳士成似乎記得白天在街上也曾聽得有人説這種話，他不待再聽完，已經恍然大悟了。他突然仰面向天，月亮已向西高峰這方面隱去，遠想離城三十五里的西高峰正在眼前，朝笏一般黑魆魆的挺立着，周圍便放出浩大閃爍的白光來。

而且這白光又遠遠的就在前面了。

"是的，到山裡去！"

他決定的想，慘然的奔出去了。幾回的開門聲之後，門裡面便再不聞一些聲息。燈火結了大燈花照着空屋和坑洞，畢畢剝剝的炸了幾聲之後，便漸漸的縮小以至於無有，那是殘油已經燒盡了。

"開城門來……"

含着大希望的恐怖的悲聲，遊絲似的在西關門前的黎明中，戰戰兢兢的叫喊。

第二天的日中，有人在離西門十五里的萬流湖裡看見一個浮屍，當即傳揚開去，終於傳到地保的耳朵裡了，便叫鄉下人撈將上來。那是一個男屍，五十多歲，"身中面白無鬚"，渾身也沒有甚麼衣褲。或者説這就是陳士成。但鄰居懶得去看，也並無屍親認領，於是經縣委員相驗之後，便由地保抬埋了。至於死因，那當然是沒有問題的，剝取死屍的衣服本來是常有的事，夠不上疑心到謀害去；而且仵作也證明是生前的落水，因為他確鑿曾在水底裡掙命，所以十個指甲裡都滿嵌着河底泥。

一九二二年六月。

明天

“沒有聲音，——小東西怎了？”

紅鼻子老拱手裡擎了一碗黃酒，説着，向間壁努一努嘴。藍皮阿五便放下酒碗，在他脊梁上用死勁的打了一掌，含含糊糊嚷道：

“你……你你又在想心思……。”

原來魯鎮是僻靜地方，還有些古風：不上一更，大家便都關門睡覺。深更半夜沒有睡的只有兩家：一家是咸亨酒店，幾個酒肉朋友圍着櫃枱，吃喝得正高興；一家便是間壁的單四嫂子，她自從前年守了寡，便須專靠着自己的一雙手紡出棉紗來，養活她自己和她三歲的兒子，所以睡的也遲。

這幾天，確鑿沒有紡紗的聲音了。但夜深沒有睡的既然只有兩家，這單四嫂子家有聲音，便自然只有老拱們聽到，沒有聲音，也只有老拱們聽到。

老拱挨了打，彷彿很舒服似的喝了一大口酒，嗚嗚的唱起小曲來。

這時候，單四嫂子正抱着她的寶兒，坐在床沿上，紡車靜靜的立在地上。黑沉沉的燈光，照着寶兒的臉，緋紅裡帶一點青。單四嫂子心裡計算：神籤也求過了，願心也許過了，單方也吃過了，要是還不見效，怎麼好？——那只有去診何小仙了。但寶兒也許是日輕夜重，到了明天，太陽一出，熱也會退，氣喘也會平的：這實在是病人常有的事。

單四嫂子是一個粗笨女人，不明白這"但"字的可怕：許多壞事固然幸虧有了它才變好，許多好事卻也因為有了它都弄糟。夏天夜短，老拱們嗚嗚的唱完了不多時，東方已經發白；不一會，窗縫裡透進了銀白色的曙光。

單四嫂子等候天明，卻不像別人這樣容易，覺得非常之慢，寶兒的一呼吸，幾乎長過一年。現在居然明亮了；天的明亮，壓倒了燈光，——看見寶兒的鼻翼，已經一放一收的扇動。

單四嫂子知道不妙，暗暗叫一聲"阿呀！"心裡計算：怎麼好？只有去診何小仙這一條路了。她雖然是粗笨女人，心裡卻有決斷，便站起身，從木櫃子裡掏出每天節省下來的十三個小銀元和一百八十銅錢，都裝在衣袋裡，鎖上門，抱着寶兒直向何家奔過去。

天氣還早，何家已經坐着四個病人了。她摸出四角銀元，買了號籤，第五個便輪到寶兒。何小仙伸開兩個指頭按脈，指甲足有四寸多長，單四嫂子暗地納罕，心裡計算：寶兒該有活命了。但總免不了着急，忍不住要問，便侷侷促促的說：

"先生，——我家的寶兒甚麼病呀？"

"他中焦塞着。"

"不妨事麼？他……"

"先去吃兩帖。"

"他喘不過氣來，鼻翅子都扇着呢。"

"這是火克金……"

何小仙說了半句話，便閉上眼睛；單四嫂子也不好意思再問。在何小仙對面坐着的一個三十多歲的人，此時已經開好一張藥方，指着紙角上的幾個字說道：

"這第一味保嬰活命丸，須是賈家濟世老店才有！"

單四嫂子接過藥方，一面走，一面想。她雖是粗笨女人，卻知道何家與濟世老店與自己的家，正是一個三角點；自然是買了藥回去便宜了。於是又徑向濟世老店奔過去。店夥也翹了長指甲慢慢的看方，慢慢的包藥。單四嫂子抱了寶兒等着；寶兒忽然擎起小手來，用力拔他散亂着的一綹頭髮，這是從來沒有的舉動，單四嫂子怕得發怔。

太陽早出了。單四嫂子抱了孩子，帶着藥包，愈走覺得愈重；孩子又不住的掙扎，路也覺得越長。沒奈何坐在路旁一家公館的門檻上，休息了一會，衣服漸漸的冰着肌膚，才知道自己出了一身汗；寶兒卻彷彿睡着了。她再起來慢慢地走，仍然支撐不得，耳朵邊忽然聽得人說：

"單四嫂子，我替你抱勃羅！"似乎是藍皮阿五的聲音。

她抬頭看時，正是藍皮阿五，睡眼朦朧的跟着她走。

單四嫂子在這時候，雖然很希望降下一員天將，助她一臂之力，卻不願是阿五。但阿五有些俠氣，無論如何，總是偏要幫忙，所以推讓了一會，終於得了許可了。他便伸開臂膊，從單四嫂子的乳房和孩子中間，直伸下去，抱去了孩子。單四嫂子便覺乳房上發了一條熱，剎時間直熱到臉上和耳根。

他們兩人離開了二尺五寸多地，一同走着。阿五說些話，單四嫂子卻大半沒有答。走了不多時候，阿五又將孩子還給她，說是昨天與朋友約定的吃飯時候到了；單四嫂子便接了孩子。幸而不遠便是家，早看見對門的王九媽在街邊坐着，遠遠地說話：

"單四嫂子，孩子怎了？——看過先生了麼？"

"看是看了。—— 王九媽，你有年紀，見的多，不如請你老法眼看一看，怎樣……"

"唔……"

"怎樣……？"

"唔……"王九媽端詳了一番，把頭點了兩點，搖了兩搖。

寶兒吃下藥，已經是午後了。單四嫂子留心看他神情，似乎彷彿平穩了不少；到得下午，忽然睜開眼叫一聲"媽！"又仍然合上眼，像是睡去了。他睡了一刻，額上鼻尖都沁出一粒一粒的汗珠，單四嫂子輕輕一摸，膠水般黏着手；慌忙去摸胸口，便禁不住嗚咽起來。

寶兒的呼吸從平穩變到沒有，單四嫂子的聲音也就從嗚咽變成號啕。這時聚集了幾堆人：門內是王九媽藍皮阿五之類，門外是咸亨的掌櫃和紅鼻子老拱之類。王九媽便發命令，燒了一串紙錢；又將兩條板櫈和五件衣服作抵，替單四嫂子借了兩塊洋錢，給幫忙的人備飯。

第一個問題是棺木。單四嫂子還有一副銀耳環和一支裹金的銀簪，都交給了咸亨的掌櫃，託他作一個保，半現半賒的買一具棺木。藍皮阿五也伸出手來，很願意自告奮勇；王九媽卻不許他，只准他明天抬棺材的差使，阿五罵了一聲"老畜生"，怏怏的努了嘴站着。掌櫃便自去了；晚上回來，說棺木須得現做，後半夜才成功。

掌櫃回來的時候，幫忙的人早吃過飯；因為魯鎮還有些古風，所以不上一更，便都回家睡覺了。只有阿五還靠着咸亨的櫃枱喝酒，老拱也嗚嗚的唱。

這時候，單四嫂子坐在床沿上哭着，寶兒在床上躺着，紡車靜靜的在地上立着。許多工夫，單四嫂子的眼淚宣告完結了，眼睛張得很大，看看四面的情形，覺得奇怪：所有的都是不會有的事。她心裡計算：不過是夢罷了，這些事都是夢。明天醒過來，自己好好的睡在床上，寶兒也好好的睡在自己身邊。他也醒過來，叫一聲“媽”，生龍活虎似的跳去玩了。

老拱的歌聲早經寂靜，咸亨也熄了燈。單四嫂子張着眼，總不信所有的事。——雞也叫了；東方漸漸發白，窗縫裡透進了銀白色的曙光。

銀白的曙光又漸漸顯出緋紅，太陽光接着照到屋脊。單四嫂子張着眼，呆呆坐着；聽得打門聲音，才吃了一嚇，跑出去開門。門外一個不認識的人，揹了一件東西；後面站着王九媽。

哦，他們揹了棺材來了。

下半天，棺木才合上蓋：因為單四嫂子哭一回，看一回，總不肯死心塌地的蓋上；幸虧王九媽等得不耐煩，氣憤憤的跑上前，一把拖開她，才七手八腳的蓋上了。

但單四嫂子待她的寶兒，實在已經盡了心，再沒有甚麼缺陷。昨天燒過一串紙錢，上午又燒了四十九卷《大悲咒》；收斂的時候，給他穿上頂新的衣裳，平日喜歡的玩意兒，——一個泥人，兩個小木碗，兩個玻璃瓶，——都放在枕頭旁邊。後來王九媽掐着指頭仔細推敲，也終於想不出一些甚麼缺陷。

這一日裡，藍皮阿五簡直整天沒有到；咸亨掌櫃便替單四嫂子僱了兩名腳夫，每名二百另十個大錢，抬棺木到義塚地上安放。王九媽又幫她煮了飯，凡是動過手開過口的人都吃了飯。太陽漸漸顯出要落山的顏色；吃過飯的人也不覺都顯出要回家的顏色，——於是他們終於都回了家。

單四嫂子很覺得頭眩，歇息了一會，倒居然有點平穩了。但她接連着便覺得很異樣：遇到了平生沒有遇到過的事，不像會有的事，然而的確出現了。她愈想愈奇，又感到一件異樣的事——這屋子忽然太靜了。

她站起身，點上燈火，屋子越顯得靜。她昏昏的走去關上門，回來坐在床沿上，紡車靜靜的立在地上。她定一定神，四面一看，更覺得坐立不得，屋子不但太靜，而且也太大了，東西也太空了。太大的屋子四面包圍着她，太空的東西四面壓着她，叫她喘氣不得。

她現在知道她的寶兒確乎死了；不願意見這屋子，吹熄了燈，躺着。她一面哭，一面想：想那時候，自己紡着棉紗，寶兒坐在身邊吃茴香豆，瞪着一雙小黑眼睛想了一刻，便說，"媽！爹賣餛飩，我大了也賣餛飩，賣許多許多錢，——我都給你。"那時候，真是連紡出的棉紗，也彷彿寸寸都有意思，寸寸都活着。但現在怎麼了？現在的事，單四嫂子卻實在沒有想到甚麼。——我早經說過：她是粗笨女人。她能想出甚麼呢？她單覺得這屋子太靜，太大，太空罷了。

但單四嫂子雖然粗笨，卻知道還魂是不能有的事，她的寶兒也的確不能再見了。歎一口氣，自言自語的說，"寶兒，你該還在這裡，你給我夢裡見見罷。"於是合上眼，想趕快睡去，會她的寶兒，苦苦的呼吸通過了靜和大和空虛，自己聽得明白。

單四嫂子終於朦朦朧朧的走入睡鄉，全屋子都很靜。這時紅鼻子老拱的小曲，也早經唱完；蹌蹌踉踉出了咸亨，卻又提尖了喉嚨，唱道：

"我的冤家呀！——可憐你，——孤零零的……"

藍皮阿五便伸手揪住了老拱的肩頭，兩個人七歪八斜的笑着擠着走去。

單四嫂子早睡着了，老拱們也走了，咸亨也關上門了。這時的魯鎮，便完全落在寂靜裡。只有那暗夜為想變成明天，卻仍在這寂靜裡奔波；另有幾條狗，也躲在暗地裡嗚嗚的叫。

一九二〇年六月。

小專題

怎樣的禮會吃人？

有禮貌、仁心仁術、有情有義都是我們讚揚的行為，甚至不少學校都來做校訓，為甚麼在《吶喊》裡，仁義道德卻會吃人，禮教不是好東西？

這個問題十分複雜，但我們可以由日常生活來理解。人與人相處要能和諧愉快，大家得要守一些規矩，講一些道德，在中國，這些規矩叫做禮，主要的道德是仁、智、義、信、忠、恕、孝、悌等等，也就是要有人性，有同情心，重視智慧，請信用和道義，對自己的工作要忠誠專注，對人要包容，對父母家人要孝順慈愛。這些道德體現在行動上，化為規矩，就叫做禮。荀子曾說“人無禮則不生，事無禮則不成，國家無禮則不寧。”(《荀子·修身》)可見“禮”之存在是多麼的重要，它是人得以生存，一個社會得以正常運作的重要保障。

如果守禮都基於真心誠意，而且不拘泥於表面，與時俱進，那麼禮就是好東西。所以孔子在《論語》說：“禮云禮云，玉帛云乎哉？”意思是：禮難道是大家送送禮物，表面客套一番？可是虛偽不誠，又或者墨守繩規，只看重繁瑣的條文，甚至為了對自己有利，故意用禮去束縛人，那就違反了禮的用意了。

孔子推崇的禮，是周公制訂的一套禮制規矩。周公制禮是給貴族遵守的，分別上下尊卑，好使各級貴族不要亂造反。孔子認為只要大家誠心誠意實行，天下就可以和平有序。可是周公的禮經過長久時間，有些地方應該改革而沒改；孔子被推為聖人之後，他的話的真精神不一定有人領會，後人卻執着條文框框；皇帝和那些在禮制中得到利益的人，為了叫人不造反，更大力推崇以禮去限制人。這樣七弄八弄，尤其最近一千年變成叫做官的人對再昏庸的皇帝也要忠心，叫兒女對再無理的父母都要孝順，叫女人對再痛苦的婚姻也不許提出改嫁，終於把中國人縛得死死的，男人愚忠愚孝，女人為貞節兩個字而尋死。這害死人的禮教，就是狂人所說的吃人的東西。

二十一世紀的今天，“禮”作為一種政治制度和繁瑣儀式，基本已喪失存在的價值，但禮的文化基因已深深滲透到中華文化的血脈中，“禮”文化的精華，至今還在影響中國人的觀念、行為和心理。禮可以是正面的，也可以變成“吃人”的，就看我們怎樣理解禮和實行禮了。

趣味重溫（1）

一、你明白嗎

1. 《吶喊．自序》開首和結尾都談到夢，但做夢的人不同。文首做夢的是＿＿＿＿＿＿＿＿，文末做夢的是＿＿＿＿＿＿＿＿。
   a. 在寂寞中奔馳的猛士
   b. 當時的年青人
   c. 魯迅
   d. 主將

2. 〈狂人日記〉中，狂人認為中國歷史是吃人的歷史，因為歷史上寫的是：
   a. 易子而食
   b. 仁義道德
   c. 食肉寢皮
   d. 救救孩子

3. 小說講故事時，講究敍述故事主角時的觀點。魯迅的小說技巧很成熟，懂得運用不同的敍事觀點。請把下列作品與其敍事觀點連線。

〈狂人日記〉•	• 全知觀點
〈孔乙己〉•	
〈藥〉•	• 第一身觀點
〈白光〉•	
〈明天〉•	• 第三身觀點

4. 在〈狂人日記〉和〈藥〉裡，都提到當時有人誤以為人血饅頭可以治甚麼病？

   a. 癆病　b. 哮喘　c. 氣管炎　d. 傷寒

二、想深一層

1. 試把小說中人物和迫害他們的社會原因連線搭配。

科舉制度 •	• 小栓
專制統治 •	• 狂人
愚昧 •	• 陳士成
僵化的道德 •	• 夏瑜

2. 《吶喊．自序》有很多顯示作者心情變化的詞（a.吶喊 b.希望 c.高興 d.不安 e.寂寞 f.痛苦 g.悲哀 h.憤懣 i.反省 j.慷慨激昂 k.聽將令 l.做夢），哪些是魯迅年青未辦雜誌時的感覺和行動，哪些是寫作和出版《吶喊》時的感覺和行動？

3. 〈藥〉中有明暗兩條線索並行，最後在墳場合併，構成華夏的悲劇。試根據故事情節填上合適答案完善暗線。

   明：華老栓買藥──小栓吃______________──茶客談______________
   ──小栓______________墳場祭子 老嫗同悲

   暗：夏瑜被殺──夏瑜的血做成______________──茶客談______________
   ──革命______________墳場祭子 老嫗同悲

4. 魯迅對孔乙己的評價，是“哀其不幸，怒其不爭”。你能指出孔乙己不幸的是甚麼，不爭的是甚麼嗎？ 試舉文中一兩個例子説明。

5. 孔乙己最不想別人提及的事，是甚麼？
   a. 偷書　b. 被打斷腿　c. 沒有考上秀才　d. 長衫又髒又破

三、延伸思考

1. 孔乙己一生被讀書和考試所毀，你認為讀書和考試應該嗎？ 若應該，怎樣才是合理的讀書和考試呢？

2. 你認為在鐵屋裡應該吶喊嗎？這個比喻很有名，因為可以用在很多情況。你可以想到有多少種情況適合用上這個比喻？

3. 《吶喊》寫的是清末民初的中國人。《魚之樂優質中文階梯閱讀》裡，有一本《從文自傳》，寫的是1920年代一個少年眼中的鄉鎮中國人，時間上剛好接上，也都有描寫中國民眾的精神面目。若你看過《從文自傳》，比較一下兩本書有共通的地方嗎？

阿 Q 正傳

第一章　序

我要給阿 Q 做正傳，已經不止一兩年了。但一面要做，一面又往回想，這足見我不是一個"立言"的人，因為從來不朽之筆，須傳不朽之人，於是人以文傳，文以人傳——究竟誰靠誰傳，漸漸的不甚了然起來，而終於歸結到傳阿 Q ，彷彿思想裡有鬼似的。

然而要做這一篇速朽的文章，才下筆，便感到萬分的困難了。第一是文章的名目。孔子曰，"名不正則言不順"。這原是應該極注意的。傳的名目很繁多：列傳，自傳，內傳，外傳，別傳，家傳，小傳……，而可惜都不合。"列傳"麼，這一篇並非和許多闊人排在"正史"裡；"自傳"麼，我又並非就是阿 Q 。說是"外傳"，"內傳"在哪裡呢？倘用"內傳"，阿 Q 又決不是神仙。"別傳"呢，阿 Q 實在未曾有大總統上諭宣付國史館立"本傳"——雖說英國正史上並無"博徒列傳"，而文豪迭更司也做過《博徒別傳》這一部書，但文豪則可，在我輩卻不可的。其次是"家傳"，則我既不知與阿 Q 是否同宗，也未曾受他子孫的拜託；或"小傳"，則阿 Q 又更無別的"大傳"了。總而言之，這一篇也便是"本傳"，但從我的文章着想，因為文體卑下，是"引車賣漿者流"所用的話，所以不敢僭稱，便從不入三教九流的小說家所謂"閒話休題言歸正傳"這一句套話裡，取出"正傳"兩個字來，作為名目，即使與古人所撰《書法正傳》的"正傳"字面上很相混，也顧不得了。

第二，立傳的通例，開首大抵該是“某，字某，某地人也”，而我並不知道阿Q姓甚麼。有一回，他似乎是姓趙，但第二日便模糊了。那是趙太爺的兒子進了秀才的時候，鑼聲鏜鏜的報到村裡來，阿Q正喝了兩碗黃酒，便手舞足蹈的說，這於他也很光采，因為他和趙太爺原來是本家，細細的排起來他還比秀才長三輩呢。其時幾個旁聽人倒也肅然的有些起敬了。哪知道第二天，地保便叫阿Q到趙太爺家裡去；太爺一見，滿臉濺珠，喝道：

“阿Q，你這渾小子！你說我是你的本家麼？”

阿Q不開口。

趙太爺愈看愈生氣了，搶進幾步說：“你敢胡說！我怎麼會有你這樣的本家？你姓趙麼？”

阿Q不開口，想往後退了；趙太爺跳過去，給了他一個嘴巴。

“你怎麼會姓趙！——你哪裡配姓趙！”

阿Q並沒有抗辯他確鑿姓趙，只用手摸着左頰，和地保退出去了；外面又被地保訓斥了一番，謝了地保二百文酒錢。知道的人都說阿Q太荒唐，自己去招打；他大約未必姓趙，即使真姓趙，有趙太爺在這裡，也不該如此胡說的。此後便再沒有人提起他的氏族來，所以我終於不知道阿Q究竟甚麼姓。

第三，我又不知道阿Q的名字是怎麼寫的。他活着的時候，人都叫他阿Quei，死了以後，便沒有一個人再叫阿Quei了，哪裡還會有“著之竹帛”的事。若論“著之竹帛”，這篇文章要算第一次，所以先遇着了這第一個難關。我曾經仔細想：阿Quei，阿桂還是阿貴呢？倘使他號叫月亭，或者在八月間做過生日，那一定是阿桂了；而他既沒有號——也許有號，只是沒有人知道他，——又未嘗散過生日徵文的帖子：寫作阿桂，是武斷的。又倘使他有一位老兄或令弟叫阿富，那一定是阿貴了；而他又只是一個人：寫作阿貴，也沒有佐證的。其餘音 Quei的偏僻字樣，更加湊不上了。先前，我也曾問過趙太爺的兒子茂才先生，誰料博雅如此公，竟也茫然，但據結論說，是因為陳獨秀辦了《新青年》提倡洋字，所以國粹淪亡，無可查考了。我的最後的手段，只有託一個同鄉去查阿Q犯事的案卷，八個月之後才有回信，說案卷裡並無與阿Quei的聲音相近的人。我雖不知道是真沒有，還是沒有查，然而也再沒有別的方法了。生怕注音字母還未通行，只好用了"洋字"，照英國流行的拼法寫他為阿Quei，略作阿Q。這近於盲從《新青年》，自己也很抱歉，但茂才公尚且不知，我還有甚麼好辦法呢。

第四，是阿Q 的籍貫了。倘他姓趙，則據現在好稱郡望的老例，可以照《郡名百家姓》上的註解，說是"隴西天水人也"，但可惜這姓是不甚可靠的，因此籍貫也就有些決不定。他雖然多住未莊，然而也常常宿在別處，不能說是未莊人，即使說是"未莊人也"，也仍然有乖史法的。

我所聊以自慰的，是還有一個"阿"字非常正確，絕無附會假借的缺點，頗可以就正於通人。至於其餘，卻都非淺學所能穿鑿，只希望有"歷史癖與考據癖"的胡適之先生的門人們，將來或者能夠尋出許多新端緒來，但是我這《阿Q正傳》到那時卻又怕早經消滅了。

以上可以算是序。

第二章　優勝記略

阿Q 不獨是姓名籍貫有些渺茫，連他先前的"行狀"也渺茫。因為未莊的人們之於阿Q ，只要他幫忙，只拿他玩笑，從來沒有留心他的“行狀”的。而阿 Q 自己也不說，獨有和別人口角的時候，間或瞪着眼睛道：

“我們先前——比你闊的多啦！你算是甚麼東西！”

阿 Q 沒有家，住在未莊的土穀祠裡；也沒有固定的職業，只給人家做短工，割麥便割麥，舂米便舂米，撐船便撐船。工作略長久時，他也或住在臨時主人的家裡，但一完就走了。所以，人們忙碌的時候，也還記起阿 Q 來，然而記起的是做工，並不是“行狀”；一閒空，連阿 Q 都早忘卻，更不必說“行狀”了。只是有一回，有一個老頭子頌揚說：“阿 Q 真能做！”這時阿 Q 赤着膊，懶洋洋的瘦伶仃的正在他面前，別人也摸不着這話是真心還是譏笑，然而阿 Q 很喜歡。

阿 Q 又很自尊，所有未莊的居民，全不在他眼睛裡，甚而至於對於兩位“文童”也有以為不值一笑的神情。夫文童者，將來恐怕要變秀才者也；趙太爺錢太爺大受居民的尊敬，除有錢之外，就因為都是文童的爹爹，而阿 Q 在精神上獨不表格外的崇奉，他想：我的兒子會闊得多啦！加以進了幾回城，阿 Q 自然更自負，然而他又很鄙薄城裡人，譬如用三尺長三寸寬的木板做成的櫈子，未莊叫“長櫈”，他也叫“長櫈”，城裡人卻叫“條櫈”，他想：這是錯的，可笑！油煎大頭魚，未莊都加上半寸長的葱葉，城裡卻加上切細的葱絲，他想：這也是錯的，可笑！然而未莊人真是不見世面的可笑的鄉下人呵，他們沒有見過城裡的煎魚！

阿 Q “先前闊”，見識高，而且“真能做”，本來幾乎是一個“完人”

了，但可惜他體質上還有一些缺點。最惱人的是在他頭皮上，頗有幾處不知起於何時的癩瘡疤。這雖然也在他身上，而看阿Q的意思，倒也似乎以為不足貴的，因為他諱說“癩”以及一切近於“賴”的音，後來推而廣之，“光”也諱，“亮”也諱，再後來，連“燈”“燭”都諱了。一犯諱，不問有心與無心，阿Q便全疤通紅的發起怒來，估量了對手，口訥的他便罵，氣力小的他便打；然而不知怎麼一回事，總還是阿Q吃虧的時候多。於是他漸漸的變換了方針，大抵改為怒目而視了。

誰知道阿Q採用怒目主義之後，未莊的閒人們便愈喜歡玩笑他。一見面，他們便假作吃驚的說：

“噲，亮起來了。”

阿Q照例的發了怒，他怒目而視了。

“原來有保險燈在這裡！”他們並不怕。

阿Q沒有法，只得另外想出報復的話來：

“你還不配……”這時候，又彷彿在他頭上的是一種高尚的光榮的癩頭瘡，並非平常的癩頭瘡了；但上文說過，阿Q是有見識的，他立刻知道和“犯忌”有點抵觸，便不再往底下說。

閒人還不完，只撩他，於是終而至於打。阿Q在形式上打敗了，被人揪住黃辮子，在壁上碰了四五個響頭，閒人這才心滿意足的得勝的走了，阿Q站了一刻，心裡想，“我總算被兒子打了，現在的世界真不像樣……”於是也心滿意足的得勝的走了。

阿Q想在心裡的，後來每每說出口來，所以凡是和阿Q玩笑的人們，幾乎全知道他有這一種精神上的勝利法，此後每逢揪住他黃辮子的時候，人就先一着對他說：

“阿Q，這不是兒子打老子，是人打畜生。自己說：人打畜生！”

阿Q兩隻手都捏住了自己的辮根，歪着頭，說道：

“打蟲豸，好不好？我是蟲豸——還不放麼？”

但雖然是蟲豸，閒人也並不放，仍舊在就近甚麼地方給他碰了五六個響頭，這才心滿意足的得勝的走了，他以為阿Q這回可遭了瘟。然而不到十秒鐘，阿Q也心滿意足的得勝的走了，他覺得他是第一個能夠自輕自賤的人，除了“自輕自賤”不算外，餘下的就是“第一個”。狀元不也是“第一個”麼？“你算是甚麼東西”呢！？

阿Q以如是等等妙法克服怨敵之後，便愉快的跑到酒店裡喝幾碗酒，又和別人調笑一通，口角一通，又得了勝，愉快的回到土穀祠，放倒頭睡着了。假使有錢，他便去押牌寶，一堆人蹲在地面上，阿Q即汗流滿面的夾在這中間，聲音他最響：

“青龍四百！”

“咳……開……啦！”莊家揭開盒子蓋，也是汗流滿面的唱。“天門啦……角回啦……！人和穿堂空在那裡啦……！阿Q的銅錢拿過來……！”

“穿堂一百——一百五十！”

阿Q的錢便在這樣的歌吟之下，漸漸的輸入別個汗流滿面的人物的腰間。他終於只好擠出堆外，站在後面看，替別人着急，一直到散場，然後戀戀的回到土穀祠，第二天，腫着眼睛去工作。

但真所謂“塞翁失馬安知非福”罷，阿Q不幸而贏了一回，他倒幾乎失敗了。

這是未莊賽神的晚上。這晚上照例有一台戲，戲台左近，也照例有許多的賭攤。做戲的鑼鼓，在阿Q耳朵裡彷彿在十里之外；他只聽得莊家的歌唱了。他贏而又贏，銅錢變成角洋，角洋變成大洋，大洋又成了疊。他興高采烈得非常：

“天門兩塊！”

他不知道誰和誰為甚麼打起架來了。罵聲打聲腳步聲，昏頭昏腦的一大陣，他才爬起來，賭攤不見了，人們也不見了，身上有幾處很似乎有些痛，似乎也捱了幾拳幾腳似的，幾個人詫異的對他看。他如有所失的走進土穀祠，定一定神，知道他的一堆洋錢不見了。趕賽會的賭攤多不是本村人，還到哪裡去尋根底呢？

很白很亮的一堆洋錢！而且是他的——現在不見了！説是算被兒子拿去了罷，總還是忽忽不樂；説自己是蟲豸罷，也還是忽忽不樂：他這回才有些感到失敗的苦痛了。

但他立刻轉敗為勝了。他擎起右手，用力的在自己臉上連打了兩個嘴巴，熱剌剌的有些痛；打完之後，便心平氣和起來，似乎打的是自己，被打的是別一個自己，不久也就彷彿是自己打了別個一般，——雖然還有些熱剌剌，——心滿意足的得勝的躺下了。

他睡着了。

第三章　續優勝記略

然而阿 Q 雖然常優勝，卻直待蒙趙太爺打他嘴巴之後，這才出了名。

他付過地保二百文酒錢，憤憤的躺下了，後來想：“現在的世界太不成話，兒子打老子……”於是忽而想到趙太爺的威風，而現在是他的兒子了，便自己也漸漸的得意起來，爬起身，唱着《小孤孀上墳》到酒店去。這時候，他又覺得趙太爺高人一等了。

説也奇怪，從此之後，果然大家也彷彿格外尊敬他。這在阿 Q ，或者以為因為他是趙太爺的父親，而其實也不然。未莊通例，倘如阿七打阿八，或者李四打張三，向來本不算一件事，必須與一位名人如趙太爺者相關，這才載上他們的口碑。一上口碑，則打的既有名，被打的也就托庇有了名。至於錯在阿Q ，那自然是不必説。所以者何？就因為趙太爺是不會錯的。但他既然錯，為甚麼大家又彷彿格外尊敬他呢？這可難解，穿鑿起來説，或者因為阿Q 説是趙太爺的本家，雖然捱了打，大家也還怕有些真，總不如尊敬一些穩當。否則，也如孔廟裡的太牢一般，雖然與豬羊一樣，同是畜生，但既經聖人下箸，先儒們便不敢妄動了。

阿Q 此後倒得意了許多年。

有一年的春天，他醉醺醺的在街上走，在牆根的日光下，看見王鬍在那裡赤着膊捉蝨子，他忽然覺得身上也癢起來了。這王鬍，又癩又鬍，別人都叫他王癩鬍，阿Q 卻刪去了一個癩字，然而非常渺視他。阿Q 的意思，以為癩是不足為奇的，只有這一部絡腮鬍子，實在太新奇，令人看不上眼。他於是並排坐下去了。倘是別的閒人們，阿Q 本不敢大意坐下去。但這王鬍旁邊，他有甚麼怕呢？老實説：他肯坐下去，簡直還是抬舉他。

阿Q 也脱下破袷襖來，翻檢了一回，不知道因為新洗呢還是因為粗心，許多工夫，只捉到三四個。他看那王鬍，卻是一個又一個，兩個又三個，只放在嘴裡畢畢剝剝的響。

阿Q 最初是失望，後來卻不平了：看不上眼的王鬍尚且那麼多，自己倒反這樣少，這是怎樣的大失體統的事呵！他很想尋一兩個大的，然而竟沒有，好容易才捉到一個中的，恨恨的塞在厚嘴唇裡，狠命一咬，劈的一聲，又不及王鬍響。

他癩瘡疤塊塊通紅了，將衣服摔在地上，吐一口唾沫，說：

"這毛蟲！"

"癩皮狗，你罵誰？"王鬍輕蔑的抬起眼來說。

阿Q 近來雖然比較的受人尊敬，自己也更高傲些，但和那些打慣的閒人們見面還膽怯，獨有這回卻非常武勇了。這樣滿臉鬍子的東西，也敢出言無狀麼？

"誰認便罵誰！"他站起來，兩手叉在腰間說。

"你的骨頭癢了麼？"王鬍也站起來，披上衣服說。

阿Q 以為他要逃了，搶進去就是一拳。這拳頭還未達到身上，已經被他抓住了，只一拉，阿Q 蹌蹌踉踉的跌進去，立刻又被王鬍扭住了辮子，要拉到牆上照例去碰頭。

"'君子動口不動手'！"阿Q 歪着頭說。

王鬍似乎不是君子，並不理會，一連給他碰了五下，又用力的一推，至於阿Q 跌出六尺多遠，這才滿足的去了。

在阿Q 的記憶上，這大約要算是生平第一件的屈辱，因為王鬍以絡腮鬍子的缺點，向來只被他奚落，從沒有奚落他，更不必說動手了。而他現在竟動手，很意外，難道真如市上所說，皇帝已經停了考，不要秀才和舉人了，因此趙家減了威風，因此他們也便小覷了他麼？

阿Q 無可適從的站着。

遠遠的走來了一個人，他的對頭又到了。這也是阿Q 最厭惡的一個人，就是錢太爺的大兒子。他先前跑上城裡去進洋學堂，不知怎麼又跑到東洋去了，半年之後他回到家裡來，腿也直了，辮子也不見了，他的母親大哭了十幾場，他的老婆跳了三回井。後來，他的母親到處說，“這辮子是被壞人灌醉了酒剪去的。本來可以做大官，現在只好等留長再說了。”然而阿 Q 不肯信，偏稱他“假洋鬼子”，也叫作“裡通外國的人”，一見他，一定在肚子裡暗暗的咒罵。

阿 Q 尤其“深惡而痛絕之”的，是他的一條假辮子。辮子而至於假，就是沒有了做人的資格；他的老婆不跳第四回井，也不是好女人。

這“假洋鬼子”近來了。

“禿兒。驢……”阿 Q 歷來本只在肚子裡罵，沒有出過聲，這回因為正氣忿，因為要報仇，便不由的輕輕的說出來了。

不料這禿兒卻拿着一支黃漆的棍子——就是阿 Q 所謂哭喪棒——大踏步走了過來。阿 Q 在這剎那，便知道大約要打了，趕緊抽緊筋骨，聳了肩膀等候着，果然，啪的一聲，似乎確鑿打在自己頭上了。

“我說他！”阿 Q 指着近旁的一個孩子，分辯說。

啪！啪啪！

在阿 Q 的記憶上，這大約要算是生平第二件的屈辱。幸而啪啪的響了之後，於他倒似乎完結了一件事，反而覺得輕鬆些，而且“忘卻”這一件祖傳的寶貝也發生了效力，他慢慢的走，將到酒店門口，早已有些高興了。

但對面走來了靜修庵裡的小尼姑。阿 Q 便在平時，看見伊也一定要唾罵，而況在屈辱之後呢？他於是發生了回憶，又發生了敵愾了。

“我不知道我今天為甚麼這樣晦氣，原來就因為見了你！”他想。

他迎上去，大聲的吐一口唾沫：

“咳，呸！”

小尼姑全不睬，低了頭只是走。阿Q走近伊身旁，突然伸出手去摩着伊新剃的頭皮，呆笑着，說：

“禿兒！快回去，和尚等着你……”

“你怎麼動手動腳……”尼姑滿臉通紅的說，一面趕快走。

酒店裡的人大笑了。阿Q看見自己的勳業得了賞識，便愈加興高采烈起來：

“和尚動得，我動不得？”他扭住伊的面頰。

酒店裡的人大笑了。阿Q更得意，而且為滿足那些賞鑒家起見，再用力的一擰，才放手。

他這一戰，早忘卻了王鬍，也忘卻了假洋鬼子，似乎對於今天的一切“晦氣”都報了仇；而且奇怪，又彷彿全身比啪啪的響了之後輕鬆，飄飄然的似乎要飛去了。

“這斷子絕孫的阿Q！”遠遠地聽得小尼姑的帶哭的聲音。

“哈哈哈！”阿Q十分得意的笑。

“哈哈哈！”酒店裡的人也九分得意的笑。

第四章　戀愛的悲劇

有人說：有些勝利者，願意敵手如虎，如鷹，他才感得勝利的歡喜；假使如羊，如小雞，他便反覺得勝利的無聊。又有些勝利者，當克服一切之後，看見死的死了，降的降了，“臣誠惶誠恐死罪死罪”，他於是沒有了敵人，沒有了對手，沒有了朋友，只有自己在上，一個，孤零零，淒涼，寂寞，便反而感到了勝利的悲哀。然而我們的阿Q卻沒有這樣乏，他是永遠得意的：這或者也是中國精神文明冠於全球的一個證據了。

看哪，他飄飄然的似乎要飛去了！

然而這一次的勝利，卻又使他有些異樣。他飄飄然的飛了大半天，飄進土穀祠，照例應該躺下便打鼾。誰知道這一晚，他很不容易合眼，他覺得自己的大拇指和第二指有點古怪：彷彿比平常滑膩些。不知道是小尼姑的臉上有一點滑膩的東西黏在他指上，還是他的指頭在小尼姑臉上磨得滑膩了？……

"斷子絕孫的阿Q！"

阿Q的耳朵裡又聽到這句話。他想：不錯，應該有一個女人，斷子絕孫便沒有人供一碗飯，……應該有一個女人。夫"不孝有三無後為大"，而"若敖之鬼餒而"，也是一件人生的大哀，所以他那思想，其實是樣樣合於聖經賢傳的，只可惜後來有些"不能收其放心"了。

"女人，女人！……"他想。

"……和尚動得……女人，女人！……女人！"他又想。

我們不能知道這晚上阿Q在甚麼時候才打鼾。但大約他從此總覺得指頭有些滑膩，所以他從此總有些飄飄然；"女……"他想。

即此一端，我們便可以知道女人是害人的東西。

中國的男人，本來大半都可以做聖賢，可惜全被女人毀掉了。商是妲己鬧亡的；周是褒姒弄壞的；秦……雖然史無明文，我們也假定他因為女人，大約未必十分錯；而董卓可是的確給貂蟬害死了。

阿Q本來也是正人，我們雖然不知道他曾蒙甚麼明師指授過，但他對於"男女之大防"卻歷來非常嚴；也很有排斥異端——如小尼姑及假洋鬼子之類——的正氣。他的學說是：凡尼姑，一定與和尚私通；一個女人在外面走，一定想引誘野男人；一男一女在那裡講話，一定要有勾當了。為懲治他們起見，所以他往往怒目而視，或者大聲說幾句"誅心"話，或者在冷僻處，便從後面擲一塊小石頭。

誰知道他將到"而立"之年，竟被小尼姑害得飄飄然了。這飄飄然的精神，在禮教上是不應該有的，——所以女人真可惡，假使小尼姑的臉上不滑膩，阿Q便不至於被蠱，又假使小尼姑的臉上蓋一層布，阿Q便也不至於被蠱了，——他五六年前，曾在戲台下的人叢中擰過一個女人的大腿，但因為隔一層褲，所以此後並不飄飄然，——而小尼姑並不然，這也足見異端之可惡。

"女……"阿Q想。

他對於以為"一定想引誘野男人"的女人，時常留心看，然而伊並不對他笑。他對於和他講話的女人，也時常留心聽，然而伊又並不提起關於甚麼勾當的話來。哦，這也是女人可惡之一節：伊們全都要裝"假正經"的。

這一天，阿Q在趙太爺家裡舂了一天米，吃過晚飯，便坐在廚房裡吸旱煙。倘在別家，吃過晚飯本可以回去的了，但趙府上晚飯早，雖說定例不准掌燈，一吃完便睡覺，然而偶然也有一些例外：其一，是趙大爺未進秀才的時候，准其點燈讀文章；其二，便是阿Q來做短工的時候，准其點燈舂米。因為這一條例外，所以阿Q在動手舂米之前，還坐在廚房裡吸旱煙。

吳媽，是趙太爺家裡唯一的女僕，洗完了碗碟，也就在長櫈上坐下了，而且和阿Q談閒天：

"太太兩天沒有吃飯哩，因為老爺要買一個小的……"

"女人……吳媽……這小孤孀……"阿Q想。

"我們的少奶奶是八月裡要生孩子了……"

"女人……"阿Q想。

阿Q放下煙管，站了起來。

"我們的少奶奶……"吳媽還嘮叨說。

"我和你睏覺，我和你睏覺！"阿Q忽然搶上去，對伊跪下了。

一剎時中很寂然。

"阿呀！"吳媽楞了一息，突然發抖，大叫着往外跑，且跑且嚷，似乎後來帶哭了。

阿Q對了牆壁跪着也發楞，於是兩手扶着空板櫈，慢慢的站起來，彷彿覺得有些糟。他這時確也有些忐忑了，慌張的將煙管插在褲帶上，就想去舂米。砰的一聲，頭上着了很粗的一下，他急忙回轉身去，那秀才便拿了一支大竹槓站在他面前。

"你反了，……你這……"

大竹槓又向他劈下來了。阿Q兩手去抱頭，啪的正打在指節上，這可很有些痛。他衝出廚房門，彷彿背上又着了一下似的。

"忘八蛋！"秀才在後面用了官話這樣罵。

阿Q奔入舂米場，一個人站着，還覺得指頭痛，還記得"忘八蛋"，因為這話是未莊的鄉下人從來不用，專是見過官府的闊人用的，所以格外怕，而印象也格外深。但這時，他那"女……"的思想卻也沒有了。而且打罵之後，似乎一件事也已經收束，倒反覺得一無掛礙似的，便動手去舂米。舂了一會，他熱起來了，又歇了手脫衣服。

脫下衣服的時候，他聽得外面很熱鬧，阿Q生平本來最愛看熱鬧，便即尋聲走出去了。尋聲漸漸的尋到趙太爺的內院裡，雖然在昏黃中，卻辨得出許多人，趙府一家連兩日不吃飯的太太也在內，還有間壁的鄒七嫂，真正本家的趙白眼，趙司晨。

少奶奶正拖着吳媽走出下房來，一面說：

"你到外面來，……不要躲在自己房裡想……"

“誰不知道你正經，……短見是萬萬尋不得的。”鄒七嫂也從旁説。

吳媽只是哭，夾些話，卻不甚聽得分明。

阿Q想：“哼，有趣，這小孤孀不知道鬧着甚麼玩意兒了？”他想打聽，走近趙司晨的身邊。這時他猛然間看見趙大爺向他奔來，而且手裡捏着一支大竹槓。他看見這一支大竹槓，便猛然間悟到自己曾經被打，和這一場熱鬧似乎有點相關。他翻身便走，想逃回舂米場，不圖這支竹槓阻了他的去路，於是他又翻身便走，自然而然的走出後門，不多工夫，已在土穀祠內了。

阿Q坐了一會，皮膚有些起粟，他覺得冷了，因為雖在春季，而夜間頗有餘寒，尚不宜於赤膊。他也記得布衫留在趙家，但倘若去取，又深怕秀才的竹槓。然而地保進來了。

“阿Q，你的媽媽的！你連趙家的傭人都調戲起來，簡直是造反。害得我晚上沒有覺睡，你的媽媽的！……”

如是云云的教訓了一通，阿Q自然沒有話。臨末，因為在晚上，應該送地保加倍酒錢四百文，阿Q正沒有現錢，便用一頂氈帽做抵押，並且訂定了五條件：

一　明天用紅燭——要一斤重的——一對，香一封，到趙府上去賠罪。

二　趙府上請道士祓除縊鬼，費用由阿Q負擔。

三　阿Q從此不准踏進趙府的門檻。

四　吳媽此後倘有不測，惟阿Q是問。

五　阿Q不准再去索取工錢和布衫。

阿Q自然都答應了，可惜沒有錢。幸而已經春天，棉被可以無用，便質了二千大錢，履行條約。赤膊磕頭之後，居然還剩幾文，他也不再贖氈帽，統統喝了酒了。但趙家也並不燒香點燭，因為太太拜佛的時候可以用，留着了。那破布衫是大半做了少奶奶八月間生下來的孩子的襯尿布，那小半破爛的便都做了吳媽的鞋底。

第五章　生計問題

阿 Q 禮畢之後，仍舊回到土穀祠，太陽下去了，漸漸覺得世上有些古怪。他仔細一想，終於省悟過來：其原因蓋在自己的赤膊。他記得破袷襖還在，便披在身上，躺倒了，待張開眼睛，原來太陽又已經照在西牆上頭了。他坐起身，一面說道，“媽媽的……”

他起來之後，也仍舊在街上逛，雖然不比赤膊之有切膚之痛，卻又漸漸的覺得世上有些古怪了。彷彿從這一天起，未莊的女人們忽然都怕了羞，伊們一見阿 Q 走來，便個個躲進門裡去。甚而至於將近五十歲的鄒七嫂，也跟着別人亂鑽，而且將十一歲的女兒都叫進去了。阿 Q 很以為奇，而且想：“這些東西忽然都學起小姐模樣來了。這娼婦們……”

但他更覺得世上有些古怪，卻是許多日以後的事。其一，酒店不肯賒欠了；其二，管土穀祠的老頭子說些廢話，似乎叫他走；其三，他雖然記不清多少日，但確乎有許多日，沒有一個人來叫他做短工。酒店不賒，熬着也罷了；老頭子催他走，嚕蘇一通也就算了；只是沒有人來叫他做短工，卻使阿 Q 肚子餓：這委實是一件非常“媽媽的”的事情。

阿 Q 忍不下去了，他只好到老主顧的家裡去探問，——但獨不許踏進趙府的門檻，——然而情形也異樣：一定走出一個男人來，現了十分煩厭的相貌，像回覆乞丐一般的搖手道：

“沒有沒有！你出去！”

阿 Q 愈覺得稀奇了。他想，這些人家向來少不了要幫忙，不至於現在忽然都無事，這總該有些蹊蹺在裡面了。他留心打聽，才知道他們有事都去叫小 Don。這小D，是一個窮小子，又瘦又乏，在阿 Q 的眼睛裡，位置是在王鬍之下的，誰料這小子竟謀了他的飯碗去。所以阿 Q 這一氣，更與平常不同，當氣憤憤的走着的時候，忽然將手一揚，唱道：

"我手執鋼鞭將你打！……"

幾天之後，他竟在錢府的照壁前遇見了小 D。"仇人相見分外眼明"，阿 Q 便迎上去，小 D也站住了。

"畜生！"阿 Q 怒目而視的說，嘴角上飛出唾沫來。

"我是蟲豸，好麼？……"小 D說。

這謙遜反使阿 Q 更加憤怒起來，但他手裡沒有鋼鞭，於是只得撲上去，伸手去拔小 D的辮子。小 D一手護住了自己的辮根，一手也來拔阿 Q 的辮子，阿 Q 便也將空着的一隻手護住了自己的辮根。從先前的阿 Q 看來，小 D 本來是不足齒數的，但他近來挨了餓，又瘦又乏已經不下於小 D，所以便成了勢均力敵的現象，四隻手拔着兩顆頭，都彎了腰，在錢家粉牆上映出一個藍色的虹形，至於半點鐘之久了。

"好了，好了！"看的人們說，大約是解勸的。

"好，好！"看的人們說，不知道是解勸，是頌揚，還是煽動。

然而他們都不聽。阿 Q 進三步，小 D 便退三步，都站着；小 D 進三步，阿 Q 便退三步，又都站着。大約半點鐘，——未莊少有自鳴鐘，所以很難說，或者二十分，——他們的頭髮裡便都冒煙，額上便都流汗，阿 Q 的手放鬆了，在同一瞬間，小 D的手也正放鬆了，同時直起，同時退開，都擠出人叢去。

"記着罷，媽媽的……"阿 Q 回過頭去說。

"媽媽的，記着罷……"小D也回過頭來說。

這一場"龍虎鬥"似乎並無勝敗，也不知道看的人可滿足，都沒有發甚麼議論，而阿 Q 卻仍然沒有人來叫他做短工。

有一日很溫和，微風拂拂的頗有些夏意了，阿 Q 卻覺得寒冷起來，但這還可擔當，第一倒是肚子餓。棉被，氈帽，布衫，早已沒有了，其次就賣了棉襖；現在有褲子，卻萬不可脫的；有破袷襖，又除了送人做鞋底之外，決定賣不出錢。他早想在路上拾得一注錢，但至今還沒有見；他想在自己的破屋裡忽然尋到一注錢，慌張的四顧，但屋內是空虛而且了然。於是他決計出門求食去了。

他在路上走着要"求食"，看見熟識的酒店，看見熟識的饅頭，但他都走過了，不但沒有暫停，而且並不想要。他所求的不是這類東西了；他求的是甚麼東西，他自己不知道。

未莊本不是大村鎮，不多時便走盡了。村外多是水田，滿眼是新秧的嫩綠，夾着幾個圓形的活動的黑點，便是耕田的農夫。阿 Q 並不賞鑒這田家樂，卻只是走，因為他直覺的知道這與他的"求食"之道是很遼遠的。但他終於走到靜修庵的牆外了。

庵周圍也是水田，粉牆突出在新綠裡，後面的低土牆裡是菜園。阿 Q 遲疑了一會，四面一看，並沒有人。他便爬上這矮牆去，扯着何首烏藤，但泥土仍然簌簌的掉，阿 Q 的腳也索索的抖；終於攀着桑樹枝，跳到裡面了。裡面真是鬱鬱葱葱，但似乎並沒有黃酒饅頭，以及此外可吃的之類。靠西牆是竹叢，下面許多筍，只可惜都是並未煮熟的，還有油菜早經結子，芥菜已將開花，小白菜也很老了。

阿 Q 彷彿文童落第似的覺得很冤屈，他慢慢走近園門去，忽而非常驚喜了，這分明是一畦老蘿蔔。他於是蹲下便拔，而門口突然伸出一個很圓的頭來，又即縮回去了，這分明是小尼姑。小尼姑之流是阿 Q 本來視若草芥的，但世事須

“退一步想”，所以他便趕緊拔起四個蘿蔔，擰下青葉，兜在大襟裡。然而老尼姑已經出來了。

“阿彌陀佛，阿Q，你怎麼跳進園裡來偷蘿蔔！……阿呀，罪過呵，阿唷，阿彌陀佛！……”

“我甚麼時候跳進你的園裡來偷蘿蔔？”阿Q且看且走的說。

“現在……這不是？”老尼姑指着他的衣兜。

“這是你的？你能叫得它答應你麼？你……”

阿Q沒有說完話，拔步便跑；追來的是一匹很肥大的黑狗。這本來在前門的，不知怎的到後園來了。黑狗哼而且追，已經要咬着阿Q的腿，幸而從衣兜裡落下一個蘿蔔來，那狗給一嚇，略略一停，阿Q已經爬上桑樹，跨到土牆，連人和蘿蔔都滾出牆外面了。只剩着黑狗還在對着桑樹嗥，老尼姑唸着佛。

阿Q怕尼姑又放出黑狗來，拾起蘿蔔便走，沿路又撿了幾塊小石頭，但黑狗卻並不再現。阿Q於是拋了石塊，一面走一面吃，而且想道，這裡也沒有甚麼東西尋，不如進城去……

待三個蘿蔔吃完時，他已經打定了進城的主意了。

第六章　從中興到末路

在未莊再看見阿Q出現的時候，是剛過了這年的中秋。人們都驚異，說是阿Q回來了，於是又回上去想道，他先前哪裡去了呢？阿Q前幾回的上城，大抵早就興高采烈的對人說，但這一次卻並不，所以也沒有一個人留心到。他或者也曾告訴過管土穀祠的老頭子，然而未莊老例，只有趙太爺錢太爺和秀才大爺上城才算一件事。假洋鬼子尚且不足數，何況是阿

Q：因此老頭子也就不替他宣傳，而未莊的社會上也就無從知道了。

但阿 Q 這回的回來，卻與先前大不同，確乎很值得驚異。天色將黑，他睡眼矇矓的在酒店門前出現了，他走近櫃枱，從腰間伸出手來，滿把是銀的和銅的，在櫃上一扔說，"現錢！打酒來！"穿的是新袷襖，看去腰間還掛着一個大搭連，沉甸甸的將褲帶墜成了很彎很彎的弧線。未莊老例，看見略有些醒目的人物，是與其慢也寧敬的，現在雖然明知道是阿 Q，但因為和破袷襖的阿 Q 有些兩樣了，古人云，"士別三日便當刮目相待"，所以堂倌，掌櫃，酒客，路人，便自然顯出一種疑而且敬的形態來。掌櫃既先之以點頭，又繼之以談話：

"嚄，阿 Q，你回來了！"

"回來了。"

"發財發財，你是——在……"

"上城去了！"

這一件新聞，第二天便傳遍了全未莊。人人都願意知道現錢和新袷襖的阿 Q 的中興史，所以在酒店裡，茶館裡，廟簷下，便漸漸的探聽出來了。這結果，是阿 Q 得了新敬畏。

據阿 Q 說，他是在舉人老爺家裡幫忙。這一節，聽的人都肅然了。這老爺本姓白，但因為合城裡只有他一個舉人，所以不必再冠姓，說起舉人來就是他。這也不獨在未莊是如此，便是一百里方圓之內也都如此，人們幾乎多以為他的姓名就叫舉人老爺的了。在這人的府上幫忙，那當然是可敬的。但據阿 Q 又說，他卻不高興再幫忙了，因為這舉人老爺實在太"媽媽的"了。這一節，聽的人都歎息而且快意，因為阿 Q 本不配在舉人老爺家裡幫忙，而不幫忙是可惜的。

據阿 Q 說，他的回來，似乎也由於不滿意城裡人，這就在他們將長櫈稱為條櫈，而且煎魚用葱絲，加以最近觀察所得的缺點，是女人的走路也扭得不很好。然而也偶有大可佩服的地方，即如未莊的鄉下人不過打三十二張的竹牌，只有假洋鬼子能夠叉“麻醬”，城裡卻連小烏龜子都叉得精熟的。甚麼假洋鬼子，只要放在城裡的十幾歲的小烏龜子的手裡，也就立刻是“小鬼見閻王”。這一節，聽的人都赧然了。

“你們可看見過殺頭麼？”阿 Q 説，“咳，好看。殺革命黨。唉，好看好看，……”他搖搖頭，將唾沫飛在正對面的趙司晨的臉上。這一節，聽的人都凜然了。但阿 Q 又四面一看，忽然揚起右手，照着伸長脖子聽得出神的王鬍的後項窩上直劈下去道：

“嚓！”

王鬍驚得一跳，同時電光石火似的趕快縮了頭，而聽的人又都悚然而且欣然了。從此王鬍瘟頭瘟腦的許多日，並且再不敢走近阿 Q 的身邊；別的人也一樣。

阿 Q 這時在未莊人眼睛裡的地位，雖不敢説超過趙太爺，但謂之差不多，大約也就沒有甚麼語病的了。

然而不多久，這阿 Q 的大名忽又傳遍了未莊的閨中。雖然未莊只有錢趙兩姓是大屋，此外十之九都是淺閨，但閨中究竟是閨中，所以也算得一件神異。女人們見面時一定説，鄒七嫂在阿 Q 哪裡買了一條藍綢裙，舊固然是舊的，但只花了九角錢。還有趙白眼的母親，——一説是趙司晨的母親，待考，——也買了一件孩子穿的大紅洋紗衫，七成新，只用三百大錢九二串。於是伊們都眼巴巴的想見阿 Q ，缺綢裙的想問他買綢裙，要洋紗衫的想問他買洋紗衫，不但見了不逃避，有時阿 Q 已經走過了，也還要追上去叫住他，問道：

“阿 Q ，你還有綢裙麼？沒有？紗衫也要的，有罷？”

後來這終於從淺閨傳進深閨裡去了。因為鄒七嫂得意之餘，將伊的綢裙請趙太太去鑒賞，趙太太又告訴了趙太爺而且着實恭維了一番。趙太爺便在晚飯桌上，和秀才大爺討論，以為阿Q實在有些古怪，我們門窗應該小心些；但他的東西，不知道可還有甚麼可買，也許有點好東西罷。加以趙太太也正想買一件價廉物美的皮背心。於是家族決議，便託鄒七嫂即刻去尋阿Q，而且為此新闢了第三種的例外：這晚上也姑且特准點油燈。

油燈乾了不少了，阿Q還不到。趙府的全眷都很焦急，打着呵欠，或恨阿Q太飄忽，或怨鄒七嫂不上緊。趙太太還怕他因為春天的條件不敢來，而趙太爺以為不足慮：因為這是"我"去叫他的。果然，到底趙太爺有見識，阿Q終於跟着鄒七嫂進來了。

"他只說沒有沒有，我說你自己當面說去，他還要說，我說……"鄒七嫂氣喘吁吁的走着說。

"太爺！"阿Q似笑非笑的叫了一聲，在簷下站住了。

"阿Q，聽說你在外面發財，"趙太爺踱開去，眼睛打量着他的全身，一面說。"那很好，那很好的。這個，……聽說你有些舊東西，……可以都拿來看一看，……這也並不是別的，因為我倒要……"

"我對鄒七嫂說過了。都完了。"

"完了？"趙太爺不覺失聲的說，"哪裡會完得這樣快呢？"

"那是朋友的，本來不多。他們買了些，……"

"總該還有一點罷。"

"現在，只剩了一張門幕了。"

"就拿門幕來看看罷。"趙太太慌忙說。

"那麼，明天拿來就是，"趙太爺卻不甚熱心了。"阿Q，你以後有甚麼東西的時候，你儘先送來給我們看，……"

“價錢決不會比別家出得少！”秀才說。秀才娘子忙一瞥阿Q的臉，看他感動了沒有。

“我要一件皮背心。”趙太太說。

阿Q雖然答應着，卻懶洋洋的出去了，也不知道他是否放在心上。這使趙太爺很失望，氣憤而且擔心，至於停止了打呵欠。秀才對於阿Q的態度也很不平，於是說，這忘八蛋要提防，或者竟不如吩咐地保，不許他住在未莊。但趙太爺以為不然，說這也怕要結怨，況且做這路生意的大概是“老鷹不吃窩下食”，本村倒不必擔心的；只要自己夜裡警醒點就是了。秀才聽了這“庭訓”，非常之以為然，便即刻撤消了驅逐阿Q的提議，而且叮囑鄒七嫂，請伊萬不要向人提起這一段話。

但第二日，鄒七嫂便將那藍裙去染了皂，又將阿Q可疑之點傳揚出去了，可是確沒有提起秀才要驅逐他這一節。然而這已經於阿Q很不利。最先，地保尋上門了，取了他的門幕去，阿Q說是趙太太要看的，而地保也不還，並且要議定每月的孝敬錢。其次，是村人對於他的敬畏忽而變相了，雖然還不敢來放肆，卻很有遠避的神情，而這神情和先前的防他來“嚓”的時候又不同，頗混着“敬而遠之”的分子了。

只有一班閒人們卻還要尋根究底的去探阿Q的底細。阿Q也並不諱飾，傲然的說出他的經驗來。從此他們才知道，他不過是一個小腳色，不但不能上牆，並且不能進洞，只站在洞外接東西。有一夜，他剛才接到一個包，正手再進去，不一會，只聽得裡面大嚷起來，他便趕緊跑，連夜爬出城，逃回未莊來了，從此不敢再去做。然而這故事卻於阿Q更不利，村人對於阿Q的“敬而遠之”者，本因為怕結怨，誰料他不過是一個不敢再偷的偷兒呢？這實在是“斯亦不足畏也矣”。

第七章　革命

宣統三年九月十四日 —— 即阿 Q 將搭連賣給趙白眼的這一天 —— 三更四點，有一隻大烏篷船到了趙府上的河埠頭。這船從黑魆魆中蕩來，鄉下人睡得熟，都沒有知道；出去時將近黎明，卻很有幾個看見的了。據探頭探腦的調查來的結果，知道那竟是舉人老爺的船！

那船便將大不安載給了未莊，不到正午，全村的人心就很動搖。船的使命，趙家本來是很秘密的，但茶坊酒肆裡卻都說，革命黨要進城，舉人老爺到我們鄉下來逃難了。惟有鄒七嫂不以為然，說那不過是幾口破衣箱，舉人老爺想來寄存的，卻已被趙太爺回覆轉去。其實舉人老爺和趙秀才素不相能，在理本不能有"共患難"的情誼，況且鄒七嫂又和趙家是鄰居，見聞較為切近，所以大概該是伊對的。

然而謠言很旺盛，說舉人老爺雖然似乎沒有親到，卻有一封長信，和趙家排了"轉折親"。趙太爺肚裡一輪，覺得於他總不會有壞處，便將箱子留下了，現就塞在太太的床底下。至於革命黨，有的說是便在這一夜進了城，個個白盔白甲：穿着崇正皇帝的素。

阿 Q 的耳朵裡，本來早聽到過革命黨這一句話，今年又親眼見過殺掉革命黨。但他有一種不知從哪裡來的意見，以為革命黨便是造反，造反便是與他為難，所以一向是"深惡而痛絕之"的。殊不料這卻使百里聞名的舉人老爺有這樣怕，於是他未免也有些"神往"了，況且未莊的一群鳥男女的慌張的神情，也使阿 Q 更快意。

"革命也好罷，"阿 Q 想，"革這夥媽媽的命，太可惡！太可恨！……便是我，也要投降革命黨了。"

阿 Q 近來用度窘，大約略略有些不平；加以午間喝了兩碗空肚酒，愈加醉得快，一面想一面走，便又飄飄然起來。不知怎麼一來，忽而似乎革命黨便是自己，未莊人卻都是他的俘虜了。他得意之餘，禁不住大聲的嚷道：

"造反了！造反了！"

未莊人都用了驚懼的眼光對他看。這一種可憐的眼光，是阿 Q 從來沒有見過的，一見之下，又使他舒服得如六月裡喝了雪水。他更加高興的走而且喊道：

"好，……我要甚麼就是甚麼，我歡喜誰就是誰。

得得，鏘鏘！

悔不該，酒醉錯斬了鄭賢弟，

悔不該，呀呀呀……

得得，鏘鏘，得，鏘令鏘！

我手執鋼鞭將你打……"

趙府上的兩位男人和兩個真本家，也正站在大門口論革命。阿 Q 沒有見，昂了頭直唱過去。

"得得，……"

"老 Q ，"趙太爺怯怯的迎着低聲的叫。

"鏘鏘，"阿 Q 料不到他的名字會和"老"字聯結起來，以為是一句別的話，與己無干，只是唱。"得，鏘，鏘令鏘，鏘！"

"老 Q 。"

"悔不該……"

"阿 Q ！"秀才只得直呼其名了。

阿 Q 這才站住，歪着頭問道，"甚麼？"

"老 Q ，……現在……"趙太爺卻又沒有話，"現在……發財麼？"

"發財？自然。要甚麼就是甚麼……"

"阿……Q 哥，像我們這樣窮朋友是不要緊的……"趙白眼惴惴的說，似乎想探革命黨的口風。

“窮朋友？你總比我有錢。”阿Q說着自去了。

大家都憮然，沒有話。趙太爺父子回家，晚上商量到點燈。趙白眼回家，便從腰間扯下搭連來，交給他女人藏在箱底裡。

阿Q飄飄然的飛了一通，回到土穀祠，酒已經醒透了。這晚上，管祠的老頭子也意外的和氣，請他喝茶；阿Q便向他要了兩個餅，吃完之後，又要了一支點過的四兩燭和一個樹燭台，點起來，獨自躺在自己的小屋裡。他說不出的新鮮而且高興，燭火像元夜似的閃閃的跳，他的思想也迸跳起來了：

“造反？有趣，……來了一陣白盔白甲的革命黨，都拿着板刀，鋼鞭，炸彈，洋炮，三尖兩刃刀，鉤鐮槍，走過土穀祠，叫道，‘阿Q！同去同去！’於是一同去。……

“這時未莊的一夥鳥男女才好笑哩，跪下叫道，‘阿Q，饒命！’誰聽他！第一個該死的是小D和趙太爺，還有秀才，還有假洋鬼子，……留幾條麼？王鬍本來還可留，但也不要了。……

“東西，……直走進去打開箱子來：元寶，洋錢，洋紗衫，……秀才娘子的一張寧式床先搬到土穀祠，此外便擺了錢家的桌椅，——或者也就用趙家的罷。自己是不動手的了，叫小D來搬，要搬得快，搬得不快打嘴巴。……

“趙司晨的妹子真醜。鄒七嫂的女兒過幾年再說。假洋鬼子的老婆會和沒有辮子的男人睡覺，嚇，不是好東西！秀才的老婆是眼胞上有疤的。……吳媽長久不見了，不知道在哪裡，——可惜腳太大。”

阿Q沒有想得十分停當，已經發了鼾聲，四兩燭還只點去了小半寸，紅焰焰的光照着他張開的嘴。

“荷荷！”阿Q忽而大叫起來，抬了頭倉皇的四顧，待到看見四兩燭，卻又倒頭睡去了。

第二天他起得很遲，走出街上看時，樣樣都照舊。他也仍然肚餓，他想着，想不起甚麼來；但他忽而似乎有了主意了，慢慢的跨開步，有意無意的走到靜修庵。

庵和春天時節一樣靜，白的牆壁和漆黑的門。他想了一想，前去打門，一隻狗在裡面叫。他急急拾了幾塊斷磚，再上去較為用力的打，打到黑門上生出許多麻點的時候，才聽得有人來開門。

阿Q連忙捏好磚頭，擺開馬步，準備和黑狗來開戰。但庵門只開了一條縫，並無黑狗從中衝出，望進去只有一個老尼姑。

"你又來甚麼事？"伊大吃一驚的說。

"革命了……你知道？……"阿Q說得很含糊。

"革命革命，革過一革的，……你們要革得我們怎麼樣呢？"老尼姑兩眼通紅的說。

"甚麼？……"阿Q詫異了。

"你不知道，他們已經來革過了！"

"誰？……"阿Q更其詫異了。

"那秀才和洋鬼子！"

阿Q很出意外，不由的一錯愕；老尼姑見他失了銳氣，便飛速的關了門，阿Q再推時，牢不可開，再打時，沒有回答了。

那還是上午的事。趙秀才消息靈，一知道革命黨已在夜間進城，便將辮子盤在頂上，一早去拜訪那歷來也不相能的錢洋鬼子。這是"咸與維新"的時候了，所以他們便談得很投機，立刻成了情投意合的同志，也相約去革命。他們想而又想，才想出靜修庵裡有一塊"皇帝萬歲萬萬歲"的龍牌，是應該趕緊革掉的，於是又立刻同到庵裡去革命。因為老尼姑來阻擋，說了三句話，他們便將伊當作滿政府，在頭上很給了不少的棍子和栗鑿。尼姑待他們走後，定了神來檢點，龍牌固然已經碎在地上了，而且又不見了觀音娘娘座前的一個宣德爐。

這事阿Q後來才知道。他頗悔自己睡着，但也深怪他們不來招呼他。他又退一步想道：

"難道他們還沒有知道我已經投降了革命黨麼？"

第八章　不准革命

未莊的人心日見其安靜了。據傳來的消息，知道革命黨雖然進了城，倒還沒有甚麼大異樣。知縣大老爺還是原官，不過改稱了甚麼，而且舉人老爺也做了甚麼——這些名目，未莊人都說不明白——官，帶兵的也還是先前的老把總。只有一件可怕的事是另有幾個不好的革命黨夾在裡面搗亂，第二天便動手剪辮子，聽說那鄰村的航船七斤便着了道兒，弄得不像人樣子了。但這卻還不算大恐怖，因為未莊人本來少上城，即使偶有想進城的，也就立刻變了計，碰不着這危險。阿Q本也想進城去尋他的老朋友，一得這消息，也只得作罷了。

但未莊也不能說是無改革。幾天之後，將辮子盤在頂上的逐漸增加起來了，早經說過，最先自然是茂才公，其次便是趙司晨和趙白眼，後來是阿Q。倘在夏天，大家將辮子盤在頭頂上或者打一個結，本不算甚麼稀奇事，但現在是暮秋，所以這"秋行夏令"的情形，在盤辮家不能不說是萬分的英斷，而在未莊也不能說無關於改革了。

趙司晨腦後空蕩蕩的走來，看見的人大嚷說，

"嚄，革命黨來了！"

阿Q聽到了很羨慕。他雖然早知道秀才盤辮的大新聞，但總沒有想到自己可以照樣做，現在看見趙司晨也如此，才有

了學樣的意思，定下實行的決心。他用一支竹筷將辮子盤在頭頂上，遲疑多時，這才放膽的走去。

他在街上走，人也看他，然而不說甚麼話，阿 Q 當初很不快，後來便很不平。他近來很容易鬧脾氣了；其實他的生活，倒也並不比造反之前反艱難，人見他也客氣，店舖也不說要現錢。而阿 Q 總覺得自己太失意：既然革了命，不應該只是這樣的。況且有一回看見小 D，愈使他氣破肚皮了。

小 D 也將辮子盤在頭頂上了，而且也居然用一支竹筷。阿 Q 萬料不到他也敢這樣做，自己也決不准他這樣做！小 D 是甚麼東西呢？他很想即刻揪住他，拗斷他的竹筷，放下他的辮子，並且批他幾個嘴巴，聊且懲罰他忘了生辰八字，也敢來做革命黨的罪。但他終於饒放了，單是怒目而視的吐一口唾沫道"呸！"

這幾日裡，進城去的只有一個假洋鬼子。趙秀才本也想靠着寄存箱子的淵源，親身去拜訪舉人老爺的，但因為有剪辮的危險，所以也就中止了。他寫了一封"黃傘格"的信，託假洋鬼子帶上城，而且託他給自己紹介紹介，去進自由黨。假洋鬼子回來時，向秀才討還了四塊洋錢，秀才便有一塊銀桃子掛在大襟上了；未莊人都驚服，說這是柿油黨的頂子，抵得一個翰林；趙太爺因此也驟然大闊，遠過於他兒子初雋秀才的時候，所以目空一切，見了阿 Q ，也就很有些不放在眼裡了。

阿 Q 正在不平，又時時刻刻感着冷落，一聽得這銀桃子的傳說，他立即悟出自己之所以冷落的原因了：要革命，單說投降，是不行的；盤上辮子，也不行的；第一着仍然要和革命黨去結識。他生平所知道的革命黨只有兩個，城裡的一個早已"嚓"的殺掉了，現在只剩了一個假洋鬼子。他除卻趕緊去和假洋鬼子商量之外，再沒有別的道路了。

錢府的大門正開着，阿 Q 便怯怯的躄進去。他一到裡面，很吃了驚，只見假洋鬼子正站在院子的中央，一身烏黑的大約是洋衣，身上也掛着一塊銀桃子，手裡是阿 Q 曾經領教過的棍子，已經留到一尺多長的辮子都拆開了披在肩背上，蓬頭散髮的像一個劉海仙。對面挺直的站着趙白眼和三個閒人，正在必恭必敬的聽說話。

阿 Q 輕輕的走近了，站在趙白眼的背後，心裡想招呼，卻不知道怎麼說才好：叫他假洋鬼子固然是不行的了，洋人也不妥，革命黨也不妥，或者就應該叫洋先生了罷。

洋先生卻沒有見他，因為白着眼睛講得正起勁：

"我是性急的，所以我們見面，我總是說：洪哥！我們動手罷！他卻總說道Ｎｏ！——這是洋話，你們不懂的。否則早已成功了。然而這正是他做事小心的地方。他再三再四的請我上湖北，我還沒有肯。誰願意在這小縣城裡做事情。……"

"唔，……這個……"阿 Q 候他略停，終於用十二分的勇氣開口了，但不知道因為甚麼，又並不叫他洋先生。

聽着說話的四個人都吃驚的回顧他。洋先生也才看見：

"甚麼？"

"我……"

"出去！"

"我要投……"

"滾出去！"洋先生揚起哭喪棒來了。

趙白眼和閒人們便都吆喝道："先生叫你滾出去，你還不聽麼！"

阿 Q 將手向頭上一遮，不自覺的逃出門外；洋先生倒也沒有追。他快跑了六十多步，這才慢慢的走，於是心裡便湧起了憂愁：洋先生不准他革命，他再沒有別的路；從此決不能望有白盔白甲的人來叫他，他所有的抱負，志向，希望，前程，全被一筆勾銷了。至於閒人們傳揚開去，給小 D 王鬍等輩笑

話，倒是還在其次的事。

他似乎從來沒有經驗過這樣的無聊。他對於自己的盤辮子，彷彿也覺得無意味，要侮蔑；為報仇起見，很想立刻放下辮子來，但也沒有竟放。他遊到夜間，賒了兩碗酒，喝下肚去，漸漸的高興起來了，思想裡才又出現白盔白甲的碎片。

有一天，他照例的混到夜深，待酒店要關門，才踱回土穀祠去。

啪，吧……！

他忽而聽得一種異樣的聲音，又不是爆竹。阿 Q 本來是愛看熱鬧，愛管閒事的，便在暗中直尋過去。似乎前面有些腳步聲；他正聽，猛然間一個人從對面逃來了。阿 Q 一看見，便趕緊翻身跟着逃。那人轉彎，阿 Q 也轉彎，既轉彎，那人站住了，阿 Q 也站住。他看後面並無甚麼，看那人便是小 D。

"甚麼？"阿 Q 不平起來了。

"趙……趙家遭搶了！"小 D 氣喘吁吁的說。

阿 Q 的心怦怦的跳了。小 D 說了便走；阿 Q 卻逃而又停的兩三回。但他究竟是做過"這路生意"的人，格外膽大，於是躄出路角，仔細的聽，似乎有些嚷嚷，又仔細的看，似乎許多白盔白甲的人，絡繹的將箱子抬出了，器具抬出了，秀才娘子的寧式床也抬出了，但是不分明，他還想上前，兩隻腳卻沒有動。

這一夜沒有月，未莊在黑暗裡很寂靜，寂靜到像羲皇時候一般太平。阿 Q 站着看到自己發煩，也似乎還是先前一樣，在哪裡來來往往的搬，箱子抬出了，器具抬出了，秀才娘子的寧式床也抬出了，……抬得他自己有些不信他的眼睛了。但他決計不再上前，卻回到自己的祠裡去了。

土穀祠裡更漆黑；他關好大門，摸進自己的屋子裡。他躺了好一會，這才定了神，而且發出關於自己的思想來：白盔白甲的人明明到了，並不來打招呼，搬了許多好東西，又沒有自己的份，——這全是假洋鬼子可惡，不准我造反，否則，這次何至於沒有我的份呢？阿Q愈想愈氣，終於禁不住滿心痛恨起來，毒毒的點一點頭："不准我造反，只准你造反？媽媽的假洋鬼子，——好，你造反！造反是殺頭的罪名呵，我總要告一狀，看你抓進縣裡去殺頭，——滿門抄斬，——嚓！嚓！"

第九章　大團圓

趙家遭搶之後，未莊人大抵很快意而且恐慌，阿Q也很快意而且恐慌。但四天之後，阿Q在半夜裡忽被抓進縣城裡去了。那時恰是暗夜，一隊兵，一隊團丁，一隊警察，五個偵探，悄悄地到了未莊，乘昏暗圍住土穀祠，正對門架好機關槍；然而阿Q不衝出。許多時沒有動靜，把總焦急起來了，懸了二十千的賞，才有兩個團丁冒了險，踰垣進去，裡應外合，一擁而入，將阿Q抓出來；直待擒出祠外面的機關槍左近，他才有些清醒了。

到進城，已經是正午，阿Q見自己被攙進一所破衙門，轉了五六個彎，便推在一間小屋裡。他剛剛一蹌踉，那用整株的木料做成的柵欄門便跟着他的腳跟合上了，其餘的三面都是牆壁，仔細看時，屋角上還有兩個人。

阿Q雖然有些忐忑，卻並不很苦悶，因為他那土穀祠裡的臥室，也並沒有比這間屋子更高明。那兩個也彷彿是鄉下人，漸漸和他兜搭起來了，一個說是舉人老爺要追他祖父欠下來的陳租，一個不知道為了甚麼事。他們問阿Q，阿Q爽利的答道，"因為我想造反。"

他下半天便又被抓出柵欄門去了，到得大堂，上面坐着一個滿頭剃得精光的老頭子。阿Q疑心他是和尚，但看見下面站着一排兵，兩旁又站着十幾個長衫人物，也有滿頭剃得精光像這老頭子的，也有將一尺來長的頭髮披在背後像那假洋鬼子的，都是一臉橫肉，怒目而視的看他；他便知道這人一定有些來歷，膝關節立刻自然而然的寬鬆，便跪了下去了。

"站着說！不要跪！"長衫人物都吆喝說。

阿 Q 雖然似乎懂得，但總覺得站不住，身不由己的蹲了下去，而且終於趁勢改為跪下了。

"奴隸性！……"長衫人物又鄙夷似的說，但也沒有叫他起來。

"你從實招來罷，免得吃苦。我早都知道了。招了可以放你。"那光頭的老頭子看定了阿 Q 的臉，沉靜的清楚的說。

"招罷！"長衫人物也大聲說。

"我本來要……來投……"阿 Q 糊裡糊塗的想了一通，這才斷斷續續的說。

"那麼，為甚麼不來的呢？"老頭子和氣的問。

"假洋鬼子不准我！"

"胡說！此刻說，也遲了。現在你的同黨在哪裡？"

"甚麼？……"

"那一晚打劫趙家的一夥人。"

"他們沒有來叫我。他們自己搬走了。"阿 Q 提起來便憤憤。

"走到哪裡去了呢？說出來便放你了。"老頭子更和氣了。

"我不知道，……他們沒有來叫我……"

然而老頭子使了一個眼色，阿 Q 便又被抓進柵欄門裡了。他第二次抓出柵欄門，是第二天的上午。

大堂的情形都照舊。上面仍然坐着光頭的老頭子，阿 Q 也仍然下了跪。

老頭子和氣的問道，“你還有甚麼話說麼？”

阿 Q 一想，沒有話，便回答說，“沒有。”

於是一個長衫人物拿了一張紙，併一支筆送到阿 Q 的面前，要將筆塞在他手裡。阿 Q 這時很吃驚，幾乎“魂飛魄散”了：因為他的手和筆相關，這回是初次。他正不知怎樣拿；那人卻又指着一處地方教他畫押。

“我……我……不認得字。”阿 Q 一把抓住了筆，惶恐而且慚愧的說。

“那麼，便宜你，畫一個圓圈！”

阿 Q 要畫圓圈了，那手捏着筆卻只是抖。於是那人替他將紙鋪在地上，阿 Q 伏下去，使盡了平生的力氣畫圓圈。他生怕被人笑話，立志要畫得圓，但這可惡的筆不但很沉重，並

且不聽話，剛剛一抖一抖的幾乎要合縫，卻又向外一聳，畫成瓜子模樣了。

阿 Q 正羞愧自己畫得不圓，那人卻不計較，早已掣了紙筆去，許多人又將他第二次抓進柵欄門。

他第二次進了柵欄，倒也並不十分懊惱。他以為人生天地之間，大約本來有時要抓進抓出，有時要在紙上畫圓圈的，惟有圈而不圓，卻是他"行狀"上的一個污點。但不多時也就釋然了，他想：孫子才畫得很圓的圓圈呢。於是他睡着了。

然而這一夜，舉人老爺反而不能睡：他和把總嘔了氣了。舉人老爺主張第一要追贓，把總主張第一要示眾。把總近來很不將舉人老爺放在眼裡了，拍案打櫈的説道，"懲一儆百！你看，我做革命黨還不上二十天，搶案就是十幾件，全不破案，我的面子在哪裡？破了案，你又來迂。不成！這是我管的！"舉人老爺窘急了，然而還堅持，説是倘若不追贓，他便立刻辭了幫辦民政的職務。而把總卻道，"請便罷！"於是舉人老爺在這一夜竟沒有睡，但幸而第二天倒也沒有辭。

阿 Q 第三次抓出柵欄門的時候，便是舉人老爺睡不着的那一夜的明天的上午了。他到了大堂，上面還坐着照例的光頭老頭子；阿 Q 也照例的下了跪。

老頭子很和氣的問道，"你還有甚麼話麼？"

阿 Q 一想，沒有話，便回答説，"沒有。"

許多長衫和短衫人物，忽然給他穿上一件洋布的白背心，上面有些黑字。阿 Q 很氣苦：因為這很像是帶孝，而帶孝是晦氣的。然而同時他的兩手反縛了，同時又被一直抓出衙門外去了。

阿 Q 被抬上了一輛沒有篷的車，幾個短衣人物也和他同坐在一處。這車立刻走動了，前面是一班揹着洋炮的兵們和團丁，兩旁是許多張着嘴的看客，後面怎樣，阿 Q 沒有見。但他突然覺到了：這豈不是去殺頭麼？他一急，兩眼發黑，耳朵裡嗡的一聲，似乎發昏了。然而他又沒有全發昏，有時雖然着急，有時卻也泰然；他意思之間，似乎覺得人生天地間，大約本來有時也未免要殺頭的。

他還認得路，於是有些詫異了：怎麼不向着法場走呢？他不知道這是在遊街，在示眾。但即使知道也一樣，他不過便以為人生天地間，大約本來有時也未免要遊街要示眾罷了。

他省悟了，這是繞到法場去的路，這一定是"嚓"的去殺頭。他惘惘的向左右看，全跟着螞蟻似的人，而在無意中，卻在路旁的人叢中發現了一個吳媽。很久違，伊原來在城裡做工了。阿 Q 忽然很羞愧自己沒志氣：竟沒有唱幾句戲。他的思想彷彿旋風似的在腦裡一迴旋：《小孤孀上墳》欠堂皇，《龍虎鬥》裡的"悔不該……"也太乏，還是"手執鋼鞭將你打"罷。他同時想將手一揚，才記得這兩手原來都捆着，於是"手執鋼鞭"也不唱了。

"過了二十年又是一個……"阿 Q 在百忙中，"無師自通"的說出半句從來不說的話。

"好！！！"從人叢裡，便發出豺狼的嗥叫一般的聲音來。

車子不住的前行，阿 Q 在喝彩聲中，輪轉眼睛去看吳媽，似乎伊一向並沒有見他，卻只是出神的看着兵們背上的洋炮。

阿 Q 於是再看那些喝彩的人們。

這剎那中，他的思想又彷彿旋風似的在腦裡一迴旋了。四年之前，他曾在山腳下遇見一隻餓狼，永是不近不遠的跟定他，要吃他的肉。他那時嚇得幾乎要死，幸而手裡有一柄斫柴刀，才得仗這壯了膽，支持到未莊；可是永遠記得那狼眼睛，又兇又怯，閃閃的像兩顆鬼火，似乎遠遠的來穿透了他的皮肉。而這回他又看見從來沒有見過的更可怕的眼睛了，又鈍又鋒利，不但已經咀嚼了他的話，並且還要咀嚼他皮肉以外的東西，永是不遠不近的跟他走。

這些眼睛們似乎連成一氣，已經在那裡咬他的靈魂。

"救命，……"

然而阿Q沒有說。他早就兩眼發黑，耳朵裡嗡的一聲，覺得全身彷彿微塵似的迸散了。

至於當時的影響，最大的倒反在舉人老爺，因為終於沒有追贓，他全家都號咷了。其次是趙府，非特秀才因為上城去報官，被不好的革命黨剪了辮子，而且又破費了二十千的賞錢，所以全家也號咷了。從這一天以來，他們便漸漸的都發生了遺老的氣味。

至於輿論，在未莊是無異議，自然都說阿Q壞，被槍斃便是他的壞的證據：不壞又何至於被槍斃呢？而城裡的輿論卻不佳，他們多半不滿足，以為槍斃並無殺頭這般好看；而且那是怎樣的一個可笑的死囚呵，遊了那麼久的街，竟沒有唱一句戲：他們白跟一趟了。

一九二一年十二月。

一件小事

我從鄉下跑到京城裡，一轉眼已經六年了。其間耳聞目睹的所謂國家大事，算起來也很不少；但在我心裡，都不留甚麼痕跡，倘要我尋出這些事的影響來説，便只是增長了我的壞脾氣，——老實説，便是教我一天比一天的看不起人。

但有一件小事，卻於我有意義，將我從壞脾氣裡拖開，使我至今忘記不得。

這是民國六年的冬天，大北風颳得正猛，我因為生計關係，不得不一早在路上走。一路幾乎遇不見人，好容易才僱定了一輛人力車，教他拉到 S 門去。不一會，北風小了，路上浮塵早已颳淨，剩下一條潔白的大道來，車夫也跑得更快。剛近 S 門，忽而車把上帶着一個人，慢慢地倒了。

跌倒的是一個女人，花白頭髮，衣服都很破爛。伊從馬路邊上突然向車前橫截過來；車夫已經讓開道，但伊的破棉背心沒有上扣，微風吹着，向外展開，所以終於兜着車把。幸而車夫早有點停步，否則伊定要栽一個大觔斗，跌到頭破血出了。

伊伏在地上；車夫便也立住腳。我料定這老女人並沒有傷，又沒有別人看見，便很怪他多事，要自己惹出是非，也誤了我的路。

我便對他説，"沒有甚麼的。走你的罷！"

車夫毫不理會，——或者並沒有聽到，——卻放下車子，扶那老女人慢慢起來，攙着臂膊立定，問伊説：

"你怎麼啦？"

"我摔壞了。"

我想，我眼見你慢慢倒地，怎麼會摔壞呢，裝腔作勢罷了，這真可憎惡。車夫多事，也正是自討苦吃，現在你自己想法去。

車夫聽了這老女人的話，卻毫不躊躇，仍然攙着伊的臂膊，便一步一步的向前走。我有些詫異，忙看前面，是一所巡警分駐所，大風之後，外面也不見人。這車夫扶着那老女人，便正是向那大門走去。

我這時突然感到一種異樣的感覺，覺得他滿身灰塵的後影，剎時高大了，而且愈走愈大，須仰視才見。而且他對於我，漸漸的又幾乎變成一種威壓，甚而至於要榨出皮袍下面藏着的"小"來。

我的活力這時大約有些凝滯了，坐着沒有動，也沒有想，直到看見分駐所裡走出一個巡警，才下了車。

巡警走近我說，"你自己僱車罷，他不能拉你了。"

我沒有思索的從外套袋裡抓出一大把銅元，交給巡警，說，"請你給他……"

風全住了，路上還很靜。我走着，一面想，幾乎怕敢想到自己。以前的事姑且擱起，這一大把銅元又是甚麼意思？獎他麼？我還能裁判車夫麼？我不能回答自己。

這事到了現在，還是時時記起。我因此也時時熬了苦痛，努力的要想到我自己。幾年來的文治武力，在我早如幼小時候所讀過的"子曰詩云"一般，背不上半句了。獨有這一件小事，卻總是浮在我眼前，有時反更分明，教我慚愧，催我自新，並且增長我的勇氣和希望。

一九二〇年七月。

故鄉

我冒了嚴寒，回到相隔二千餘里，別了二十餘年的故鄉去。

時候既然是深冬，漸近故鄉時，天氣又陰晦了，冷風吹進船艙中，嗚嗚的響，從篷隙向外一望，蒼黃的天底下，遠近橫着幾個蕭索的荒村，沒有一些活氣。我的心禁不住悲涼起來了。

阿！這不是我二十年來時時記得的故鄉？

我所記得的故鄉全不如此。我的故鄉好得多了。但要我記起它的美麗，說出它的佳處來，卻又沒有影像，沒有言辭了。彷彿也就如此。於是我自己解釋說：故鄉本也如此，——雖然沒有進步，也未必有如我所感的悲涼，這只是我自己心情的改變罷了，因為我這次回鄉，本沒有甚麼好心緒。

我這次是專為了別它而來的。我們多年聚族而居的老屋，已經公同賣給別姓了，交屋的期限，只在本年，所以必須趕在正月初一以前，永別了熟識的老屋，而且遠離了熟識的故鄉，搬家到我在謀食的異地去。

第二日清早晨我到了我家的門口了。瓦楞上許多枯草的斷莖當風抖着，正在說明這老屋難免易主的原因。幾房的本家大約已經搬走了，所以很寂靜。我到了自家的房外，我的母親早已迎着出來了，接着便飛出了八歲的姪兒宏兒。

我的母親很高興，但也藏着許多淒涼的神情，教我坐下，歇息，喝茶，且不談搬家的事。宏兒沒有見過我，遠遠的對面站着只是看。

但我們終於談到搬家的事。我說外間的寓所已經租定了，又買了幾件傢具，此外須將家裡所有的木器賣去，再去增添。母親也說好，而且行李也略已齊集，木器不便搬運的，也小半賣去了，只是收不起錢來。

“你休息一兩天，去拜望親戚本家一回，我們便可以走了。”母親說。

“是的。”

“還有閏土，他每到我家來時，總問起你，很想見你一回面。我已經將你到家的大約日期通知他，他也許就要來了。”

這時候，我的腦裡忽然閃出一幅神異的圖畫來：深藍的天空中掛着一輪金黃的圓月，下面是海邊的沙地，都種着一望無際的碧綠的西瓜，其間有一個十一二歲的少年，項帶銀圈，手捏一柄鋼叉，向一匹猹盡力的刺去，那猹卻將身一扭，反從他的胯下逃走了。

這少年便是閏土。我認識他時，也不過十多歲，離現在將有三十年了；那時我的父親還在世，家景也好，我正是一個少爺。那一年，我家是一件大祭祀的值年。這祭祀，說是三十多年才能輪到一回，所以很鄭重；正月裡供祖像，供品很多，祭器很講究，拜的人也很多，祭器也很要防偷去。我家只有一個忙月（我們這裡給人做工的分三種：整年給一定人家做工的叫長工；按日給人做工的叫短工；自己也種地，只在過年過節以及收租時候來給一定的人家做工的稱忙月），忙不過來，他便對父親說，可以叫他的兒子閏土來管祭器的。

我的父親允許了；我也很高興，因為我早聽到閏土這名字，而且知道他和我彷彿年紀，閏月生的，五行缺土，所以他的父親叫他閏土。他是能裝弶捉小鳥雀的。

我於是日日盼望新年，新年到，閏土也就到了。好容易到了年末，有一日，母親告訴我，閏土來了，我便飛跑的去看。他正在廚房裡，紫色的圓臉，頭戴一頂小氈帽，頸上套一個明晃晃的銀項圈，這可見他的父親十分愛他，怕他死去，所以在神佛面前許下願心，用圈子將他套住了。他見人很怕羞，只是

不怕我，沒有旁人的時候，便和我說話，於是不到半日，我們便熟識了。

我們那時候不知道談些甚麼，只記得閏土很高興，說是上城之後，見了許多沒有見過的東西。

第二日，我便要他捕鳥。他說：

"這不能。須大雪下了才好。我們沙地上，下了雪，我掃出一塊空地來，用短棒支起一個大竹匾，撒下秕穀，看鳥雀來吃時，我遠遠地將縛在棒上的繩子只一拉，那鳥雀就罩在竹匾下了。甚麼都有：稻雞，角雞，鵓鴣，藍背……"

我於是又很盼望下雪。

閏土又對我說：

"現在太冷，你夏天到我們這裡來。我們日裡到海邊撿貝殼去，紅的綠的都有，鬼見怕也有，觀音手也有。晚上我和爹管西瓜去，你也去。"

"管賊麼？"

"不是。走路的人口渴了摘一個瓜吃，我們這裡是不算偷的。要管的是獾豬，刺猬，猹。月亮地下，你聽，啦啦的響了，猹在咬瓜了。你便捏了胡叉，輕輕地走去……"

我那時並不知道這所謂猹的是怎麼一件東西 —— 便是現在也沒有知道 —— 只是無端的覺得狀如小狗而很兇猛。

"牠不咬人麼？"

"有胡叉呢。走到了，看見猹了，你便刺。這畜生很伶俐，倒向你奔來，反從胯下竄了。牠的皮毛是油一般的滑……"

我素不知道天下有這許多新鮮事：海邊有如許五色的貝殼；西瓜有這樣危險的經歷，我先前單知道它在水果店裡出賣罷了。

"我們沙地裡，潮汛要來的時候，就有許多跳魚兒只是跳，都有青蛙似的兩個腳……”

阿！閏土的心裡有無窮無盡的希奇的事，都是我往常的朋友所不知道的。他們不知道一些事，閏土在海邊時，他們都和我一樣只看見院子裡高牆上的四角的天空。

可惜正月過去了，閏土須回家裡去，我急得大哭，他也躲到廚房裡，哭着不肯出門，但終於被他父親帶走了。他後來還託他的父親帶給我一包貝殼和幾支很好看的鳥毛，我也曾送他一兩次東西，但從此沒有再見面。

現在我的母親提起了他，我這兒時的記憶，忽而全都閃電似的甦生過來，似乎看到了我的美麗的故鄉了。我應聲說：

“這好極！他， —— 怎樣？……”

“他？……他景況也很不如意……”母親說着，便向房外看，“這些人又來了。說是買木器，順手也就隨便拿走的，我得去看看。”

母親站起身，出去了。門外有幾個女人的聲音。我便招宏兒走近面前，和他閒話：問他可會寫字，可願意出門。

“我們坐火車去麼？”

“我們坐火車去。”

“船呢？”

“先坐船，……”

“哈！這模樣了！鬍子這麼長了！”一種尖利的怪聲突然大叫起來。

我吃了一嚇，趕忙抬起頭，卻見一個凸顴骨，薄嘴唇，五十歲上下的女人站在我面前，兩手搭在髀間，沒有繫裙，張着兩腳，正像一個畫圖儀器裡細腳伶仃的圓規。

我愕然了。

“不認識了麼？我還抱過你咧！”

我愈加愕然了。幸而我的母親也就進來，從旁說：

“他多年出門，統忘卻了。你該記得罷，”便向着我說，“這是斜對門的楊二嫂，……開豆腐店的。”

哦，我記得了。我孩子時候，在斜對門的豆腐店裡確乎終日坐着一個楊二嫂，人都叫伊“豆腐西施”。但是擦着白粉，顴骨沒有這麼高，嘴唇也沒有這麼薄，而且終日坐着，我也從沒有見過這圓規式的姿勢。那時人說：因為伊，這豆腐店的買賣非常好。但這大約因為年齡的關係，我卻並未蒙着一毫感化，所以竟完全忘卻了。然而圓規很不平，顯出鄙夷的神色，彷彿嗤笑法國人不知道拿破侖，美國人不知道華盛頓似的，冷笑說：

“忘了？這真是貴人眼高……”

“哪有這事……我……”我惶恐着，站起來說。

“那麼，我對你說。迅哥兒，你闊了，搬動又笨重，你還要甚麼這些破爛木器，讓我拿去罷。我們小户人家，用得着。”

“我並沒有闊哩。我須賣了這些，再去……”

“阿呀呀，你放了道台了，還說不闊？你現在有三房姨太太；出門便是八抬的大轎，還說不闊？嚇，甚麼都瞞不過我。”

我知道無話可說了，便閉了口，默默的站着。

“阿呀阿呀，真是愈有錢，便愈是一毫不肯放鬆，愈是一毫不肯放鬆，便愈有錢……”圓規一面憤憤的回轉身，一面絮絮的說，慢慢向外走，順便將我母親的一副手套塞在褲腰裡，出去了。

此後又有近處的本家和親戚來訪問我。我一面應酬，偷空便收拾些行李，這樣的過了三四天。

一日是天氣很冷的午後，我吃過午飯，坐着喝茶，覺得外面有人進來了，便回頭去看。我看時，不由的非常出驚，慌忙站起身，迎着走去。

這來的便是閏土。雖然我一見便知道是閏土，但又不是我這記憶上的閏土了。他身材增加了一倍；先前的紫色的圓臉，已經變作灰黃，而且加上了很深的皺紋；眼睛也像他父親一樣，周圍都腫得通紅，這我知道，在海邊種地的人，終日吹着海風，大抵是這樣的。他頭上是一頂破氈帽，身上只一件極薄的棉衣，渾身瑟索着；手裡提着一個紙包和一支長煙管，那手也不是我所記得的紅活圓實的手，卻又粗又笨而且開裂，像是松樹皮了。

我這時很興奮，但不知道怎麼說才好，只是說：

"阿！閏土哥，—— 你來了？……"

我接着便有許多話，想要連珠一般湧出：角雞，跳魚兒，貝殼，猹，……但又總覺得被甚麼擋着似的，單在腦裡面迴旋，吐不出口外去。

他站住了，臉上現出歡喜和淒涼的神情；動着嘴唇，卻沒有作聲。他的態度終於恭敬起來了，分明的叫道：

"老爺！……"

我似乎打了一個寒噤；我就知道，我們之間已經隔了一層可悲的厚障壁了。我也説不出話。

他回過頭去説，"水生，給老爺磕頭。"便拖出躲在背後的孩子來，這正是一個廿年前的閏土，只是黃瘦些，頸子上沒有銀圈罷了。"這是第五個孩子，沒有見過世面，躲躲閃閃……"

母親和宏兒下樓來了，他們大約也聽到了聲音。

"老太太。信是早收到了。我實在喜歡的了不得，知道老爺回來……"閏土説。

"阿，你怎的這樣客氣起來。你們先前不是哥弟稱呼麼？還是照舊：迅哥兒。"母親高興的説。

"阿呀，老太太真是……這成甚麼規矩。那時是孩子，不懂事……"閏土説着，又叫水生上來打拱，那孩子卻害羞，緊

緊的只貼在他背後。

“他就是水生？第五個？都是生人，怕生也難怪的；還是宏兒和他去走走。”母親說。

宏兒聽得這話，便來招水生，水生卻鬆鬆爽爽同他一路出去了。母親叫閏土坐，他遲疑了一回，終於就了坐，將長煙管靠在桌旁，遞過紙包來，說：

“冬天沒有甚麼東西了。這一點乾青豆倒是自家曬在那裡的，請老爺……”

我問問他的景況。他只是搖頭。

“非常難。第六個孩子也會幫忙了，卻總是吃不夠……又不太平……甚麼地方都要錢，沒有定規……收成又壞。種出東西來，挑去賣，總要捐幾回錢，折了本；不去賣，又只能爛掉……”

他只是搖頭；臉上雖然刻着許多皺紋，卻全然不動，彷彿石像一般。他大約只是覺得苦，卻又形容不出，沉默了片時，便拿起煙管來默默的吸煙了。

母親問他，知道他的家裡事務忙，明天便得回去；又沒有吃過午飯，便叫他自己到廚下炒飯吃去。

他出去了；母親和我都歎息他的景況：多子，饑荒，苛稅，兵，匪，官，紳，都苦得他像一個木偶人了。母親對我說，凡是不必搬走的東西，盡可以送他，可以聽他自己去揀擇。

下午，他揀好了幾件東西：兩條長桌，四個椅子，一副香爐和燭台，一桿抬秤。他又要所有的草灰（我們這裡煮飯是燒稻草的，那灰，可以做沙地的肥料），待我們啓程的時候，他用船來載去。

夜間，我們又談些閒天，都是無關緊要的話；第二天早晨，他就領了水生回去了。

又過了九日，是我們啓程的日期。閏土早晨便到了，水生沒有同來，卻只帶着一個五歲的女兒管船隻。我們終日很忙碌，再沒有談天的工夫。來客也不少，有送行的，有拿東西的，有送行兼拿東西的。待到傍晚我們上船的時候，這老屋裡的所有破舊大小粗細東西，已經一掃而空了。

我們的船向前走，兩岸的青山在黃昏中，都裝成了深黛顏色，連着退向船後梢去。

宏兒和我靠着船窗，同看外面模糊的風景，他忽然問道：

"大伯！我們甚麼時候回來？"

"回來？你怎麼還沒有走就想回來了。"

"可是，水生約我到他家玩去咧……"他睜着大的黑眼睛，癡癡的想。

我和母親也都有些惘然，於是又提起閏土來。母親說，那豆腐西施的楊二嫂，自從我家收拾行李以來，本是每日必到的，前天伊在灰堆裡，掏出十多個碗碟來，議論之後，便定說是閏土埋着的，他可以在運灰的時候，一齊搬回家裡去；楊二嫂發現了這件事，自己很以為功，便拿了那狗氣殺（這是我們這裡養雞的器具，木盤上面有着柵欄，內盛食料，雞可以伸進頸子去啄，狗卻不能，只能看着氣死），飛也似的跑了，虧伊裝着這麼高低的小腳，竟跑得這樣快。

老屋離我愈遠了；故鄉的山水也都漸漸遠離了我，但我卻並不感到怎樣的留戀。我只覺得我四面有看不見的高牆，將我隔成孤身，使我非常氣悶；那西瓜地上的銀項圈的小英雄的影像，我本來十分清楚，現在卻忽地模糊了，又使我非常的悲哀。

母親和宏兒都睡着了。

我躺着，聽船底潺潺的水聲，知道我在走我的路。我想：我竟與閏土隔絕到這地步了，但我們的後輩還是一氣，宏兒不是正在想念水生麼。我希望他們不再像我，又大家隔膜起來……然而我又不願意他們因為要一氣，都如我的辛苦輾轉而生活，也不願意他們都如閏土的辛苦麻木而生活，也不願意都如別人的辛苦恣睢而生活。他們應該有新的生活，為我們所未經生活過的。

我想到希望，忽然害怕起來了。閏土要香爐和燭台的時候，我還暗地裡笑他，以為他總是崇拜偶像，甚麼時候都不忘卻。現在我所謂希望，不也是我自己手製的偶像麼？只是他的願望切近，我的願望茫遠罷了。

我在朦朧中，眼前展開一片海邊碧綠的沙地來，上面深藍的天空中掛着一輪金黃的圓月。我想：希望是本無所謂有，無所謂無的。這正如地上的路；其實地上本沒有路，走的人多了，也便成了路。

一九二一年一月。

端午節

方玄綽近來愛說“差不多”這一句話，幾乎成了“口頭禪”似的；而且不但說，的確也盤據在他腦裡了。他最初說的是“都一樣”，後來大約覺得欠穩當了，便改為“差不多”，一直使用到現在。

他自從發現了這一句平凡的警句以後，雖然引起了不少的新感慨，同時卻也得到許多新慰安。譬如看見老輩威壓青年，在先是要憤憤的，但現在卻就轉念道，將來這少年有了兒孫時，大抵也要擺這架子的罷，便再沒有甚麼不平了。又如看見兵士打車夫，在先也要憤憤的，但現在也就轉念道，倘使這車夫當了兵，這兵拉了車，大抵也就這麼打，便再也不放在心上了。他這樣想着的時候，有時也疑心是因為自己沒有和惡社會奮鬥的勇氣，所以瞞心昧己的故意造出來的一條逃路，很近於“無是非之心”，遠不如改正了好。然而這意見，總反而在他腦裡生長起來。

他將這“差不多說”最初公表的時候是在北京首善學校的講堂上，其時大概是提起關於歷史上的事情來，於是說到“古今人不相遠”，說到各色人等的“性相近”，終於牽扯到學生和官僚身上，大發其議論道：

“現在社會上時髦的都通行罵官僚，而學生罵得尤利害。然而官僚並不是天生的特別種族，就是平民變就的。現在學生出身的官僚就不少，和老官僚有甚麼兩樣呢？‘易地則皆然’，思想言論舉動丰采都沒有甚麼大區別……便是學生團體新辦的許多事業，不是也已經難免出弊病，大半煙消火滅了麼？差不多的。但中國將來之可慮就在此……”

散坐在講堂裡的二十多個聽講者，有的悵然了，或者是以為這話對；有的勃然了，大約是以為侮辱了神聖的青年；有幾個卻對他微笑了，大約以為這是他替自己的辯解：因為方玄綽就是兼做官僚的。

而其實卻是都錯誤。這不過是他的一種新不平；雖說不平，又只是他的一種安分的空論。他自己雖然不知道是因為懶，還是因為無用，總之覺得是一個不肯運動，十分安分守己的人。總長冤他有神經病，只要地位還不至於動搖，他決不開一開口；教員的薪水欠到大半年了，只要別有官俸支持，他也決不開一開口。不但不開口，當教員聯合索薪的時候，他還暗地裡以為欠斟酌，太嚷嚷；直到聽得同僚過分的奚落他們了，這才略有些小感慨，後來一轉念，這或者因為自己正缺錢，而別的官並不兼做教員的緣故罷，於是就釋然了。

他雖然也缺錢，但從沒有加入教員的團體內，大家議決罷課，可是不去上課了。政府說"上了課才給錢"，他才略恨他們的類乎用果子耍猴子；一個大教育家說道"教員一手挾書包一手要錢不高尚"，他才對於他的太太正式的發牢騷了。

"喂，怎麼只有兩盤？"聽了"不高尚說"這一日的晚餐時候，他看着菜蔬說。

他們是沒有受過新教育的，太太並無學名或雅號，所以也就沒有甚麼稱呼了，照老例雖然也可以叫"太太"，但他又不願意太守舊，於是就發明了一個"喂"字。太太對他卻連"喂"字也沒有，只要臉向着他說話，依據習慣法，他就知道這話是對他而發的。

"可是上月領來的一成半都完了……昨天的米，也還是好容易才賒來的呢。"伊站在桌旁，臉對着他說。

"你看，還說教書的要薪水是卑鄙哩。這種東西似乎連人要吃飯，飯要米做，米要錢買這一點粗淺事情都不知道……"

"對啦。沒有錢怎麼買米，沒有米怎麼煮……"

他兩頰都鼓起來了，彷彿氣惱這答案正和他的議論"差不多"，近乎隨聲附和模樣；接着便將頭轉向別一面去了，依據習慣法，這是宣告討論中止的表示。

待到淒風冷雨這一天，教員們因為向政府去索欠薪，在新華門前爛泥裡被國軍打得頭破血出之後，倒居然也發了一點薪水。方玄綽不費一舉手之勞的領了錢，酌還些舊債，卻還缺一大筆款，這是因為官俸也頗有些拖欠了。當是時，便是廉吏清官們也漸以為薪之不可不索，而況兼做教員的方玄綽，自然更表同情於學界起來，所以大家主張繼續罷課的時候，他雖然仍未到場，事後卻尤其心悅誠服的確守了公共的決議。

然而政府竟又付錢，學校也就開課了。但在前幾天，卻有學生總會上一個呈文給政府，說"教員倘若不上課，便不要付欠薪。"這雖然並無效，而方玄綽卻忽而記起前回政府所說的"上了課才給錢"的話來，"差不多"這一個影子在他眼前又一晃，而且並不消滅，於是他便在講堂上公表了。

準此，可見如果將"差不多說"鍛煉羅織起來，自然也可以判作一種挾帶私心的不平，但總不能說是專為自己做官的辯解。只是每到這些時，他又常常喜歡拉上中國將來的命運之類的問題，一不小心，便連自己也以為是一個憂國的志士；人們是每苦於沒有"自知之明"的。

但是"差不多"的事實又發生了，政府當初雖只不理那些招人頭痛的教員，後來竟不理到無關痛癢的官吏，欠而又欠，終於逼得先前鄙薄教員要錢的好官，也很有幾員化為索薪大會裡的驍將了。惟有幾種日報上卻很發了些鄙薄譏笑他們的文字。方玄綽也毫不為奇，毫不介意，因為他根據了他的"差不多說"，知道這是新聞記者還未缺少潤筆的緣故，萬一政府或是闊人停了津貼，他們多半也要開大會的。

他既已表同情於教員的索薪，自然也贊成同僚的索俸，然而他仍安坐在衙門中，照例的並不一同去討債。至於有人疑心他孤高，那可也不過是一種誤解罷了。他自己說，他是自從出世以來，只有人向他來要債，他從沒有向人去討過債，所以這一端是"非其所長"。而且他最不敢見手握經濟之權的人物，這種人待到失了權勢之後，捧着一本《大乘起信論》講佛學的時候，固然也很是"藹然可親"的了，但還在寶座上時，卻總是一副閻王臉，將別人都當奴才看，自以為手操着你們這些窮小子們的生殺之權。他因此不敢見，也不願見他們。這種脾氣，雖然有時連自己也覺得是孤高，但往往同時也疑心這其實是沒本領。

大家左索右索，總算一節一節的挨過去了，但比起先前來，方玄綽究竟是萬分的拮据，所以使用的小廝和交易的店家不消說，便是方太太對於他也漸漸的缺了敬意，只要看伊近來不很附和，而且常常提出獨創的意見，有些唐突的舉動，也就可以了然了。到了陰曆五月初四的午前，他一回來，伊便將一疊賬單塞在他的鼻子跟前，這也是往常所沒有的。

"一總總得一百八十塊錢才夠開消……發了麼？"伊並不對着他看的說。

"哼，我明天不做官了。錢的支票是領來的了，可是索薪大會的代表不發放，先說是沒有同去的人都不發，後來又說是要到他們跟前去親領。他們今天單捏着支票，就變了閻王臉了，我實在怕看見……我錢也不要了，官也不做了，這樣無限量的卑屈……"

方太太見了這少見的義憤，倒有些愕然了，但也就沉靜下來。

"我想，還不如去親領罷，這算甚麼呢。"伊看着他的臉說。

“我不去！這是官俸，不是賞錢，照例應該由會計科送來的。”

“可是不送來又怎麼好呢……哦，昨夜忘記說了，孩子們說那學費，學校裡已經催過好幾次了，說是倘若再不繳……”

“胡說！做老子的辦事教書都不給錢，兒子去唸幾句書倒要錢？”

伊覺得他已經不很顧忌道理，似乎就要將自己當作校長來出氣，犯不上，便不再言語了。

兩個默默的吃了午飯。他想了一會，又懊惱的出去了。

照舊例，近年是每逢節根或年關的前一天，他一定須在夜裡的十二點鐘才回家，一面走，一面掏着懷中，一面大聲的叫道，“喂，領來了！”於是遞給伊一疊簇新的中交票，臉上很有些得意的形色。誰知道初四這一天卻破了例，他不到七點鐘便回家來。方太太很驚疑，以為他竟已辭了職了，但暗暗地察看他臉上，卻也並不見有甚麼格外倒運的神情。

“怎麼了？……這樣早？……”伊看定了他說。

“發不及了，領不出了，銀行已經關了門，得等初八。”

“親領？……”伊惴惴的問。

“親領這一層，倒也已經取消了，聽說仍舊由會計科分送。可是銀行今天已經關了門，休息三天，得等到初八的上午。”他坐下，眼睛看着地面了，喝過一口茶，才又慢慢的開口說，“幸而衙門裡也沒有甚麼問題了，大約到初八就準有錢……向不相干的親戚朋友去借錢，實在是一件煩難事。我午後硬着頭皮去尋金永生，談了一會，他先恭維我不去索薪，不肯親領，非常之清高，一個人正應該這樣做；待到知道我想要向他通融五十元，就像我在他嘴裡塞了一大把鹽似的，凡有臉上可以打皺的地方都打起皺來，說房租怎樣的收不起，買賣怎樣的賠本，在同事面前親身領款，也不算甚麼的，即刻將我支使出來了。”

“這樣緊急的節根，誰還肯借出錢去呢。”方太太卻只淡淡的説，並沒有甚麼慨然。

方玄綽低下頭來了，覺得這也無怪其然的，況且自己和金永生本來很疏遠。他接着就記起去年年關的事來，那時有一個同鄉來借十塊錢，他其時明明已經收到了衙門的領款憑單的了，因為恐怕這人將來未必會還錢，便裝了一副為難的神色，説道衙門裡既然領不到俸錢，學校裡又不發薪水，實在“愛莫能助”，將他空手送走了。他雖然自己並不看見裝了怎樣的臉，但此時卻覺得很侷促，嘴唇微微一動，又搖一搖頭。

然而不多久，他忽而恍然大悟似的發命令了：叫小廝即刻上街去賒一瓶蓮花白。他知道店家希圖明天多還賬，大抵是不敢不賒的，假如不賒，則明天分文不還，正是他們應得的懲罰。

蓮花白竟賒來了，他喝了兩杯，青白色的臉上泛了紅，吃完飯，又頗有些高興了，他點上一枝大號哈德門香煙，從桌上抓起一本《嘗試集》來，躺在床上就要看。

“那麼，明天怎麼對付店家呢？”方太太追上去，站在床面前，看着他的臉説。

“店家？……教他們初八的下半天來。”

“我可不能這麼説。他們不相信，不答應的。”

“有甚麼不相信。他們可以問去，全衙門裡甚麼人也沒有領到，都得初八！”他戟着第二個指頭在帳子裡的空中畫了一個半圓，方太太跟着指頭也看了一個半圓，只見這手便去翻開了《嘗試集》。

方太太見他強橫到出乎情理之外了，也暫時開不得口。

“我想，這模樣是鬧不下去的，將來總得想點法，做點甚麼別的事……”伊終於尋到了別的路，説。

“甚麼法呢？我‘文不像謄錄生，武不像救火兵’，別的做甚麼？”

“你不是給上海的書舖子做過文章麼？”

“上海的書舖子？買稿要一個一個的算字，空格不算數。你看我做在那裡的白話詩去，空白有多少，怕只值三百大錢一本罷。收版權稅又半年六月沒消息，‘遠水救不得近火’，誰耐煩。”

“那麼，給這裡的報館裡……”

“給報館裡？便在這裡很大的報館裡，我靠着一個學生在那裡做編輯的大情面，一千字也就是這幾個錢，即使一早做到夜，能夠養活你們麼？況且我肚子裡也沒有這許多文章。”

“那麼，過了節怎麼辦呢？”

“過了節麼？——仍舊做官……明天店家來要錢，你只要說初八的下午。”

他又要看《嘗試集》了。方太太怕失了機會，連忙吞吞吐吐的說：

“我想，過了節，到了初八，我們……倒不如去買一張彩票……”

“胡說！會說這樣無教育的……”

這時候，他忽而又記起被金永生支使出來以後的事了。那時他惘惘的走過稻香村，看店門口豎着許多斗大的字的廣告道“頭彩幾萬元”，彷彿記得心裡也一動，或者也許放慢了腳步的罷，但似乎因為捨不得皮夾裡僅存的六角錢，所以竟也毅然決然的走遠了。他臉色一變，方太太料想他是在惱着伊的無教育，便趕緊退開，沒有說完話。方玄綽也沒有說完話，將腰一伸，咿咿嗚嗚的就唸《嘗試集》。

一九二二年六月。

頭髮的故事

星期日的早晨，我揭去一張隔夜的日曆，向着新的那一張上看了又看的說：

“阿，十月十日，——今天原來正是雙十節。這裡卻一點沒有記載！”

我的一位前輩先生N，正走到我的寓裡來談閒天，一聽這話，便很不高興的對我說：

“他們對！他們不記得，你怎樣他；你記得，又怎樣呢？”

這位N 先生本來脾氣有點乖張，時常生些無謂的氣，說些不通世故的話。當這時候，我大抵任他自言自語，不贊一辭；他獨自發完議論，也就算了。

他說：

“我最佩服北京雙十節的情形。早晨，警察到門，吩咐道‘掛旗！’‘是，掛旗！’各家大半懶洋洋的踱出一個國民來，撅起一塊斑駁陸離的洋布。這樣一直到夜，——收了旗關門；幾家偶然忘卻的，便掛到第二天的上午。

“他們忘卻了紀念，紀念也忘卻了他們！

“我也是忘卻了紀念的一個人。倘使紀念起來，那第一個雙十節前後的事，便都上我的心頭，使我坐立不穩了。

“多少故人的臉，都浮在我眼前。幾個少年辛苦奔走了十多年，暗地裡一顆彈丸要了他的性命；幾個少年一擊不中，在監牢裡身受一個多月的苦刑；幾個少年懷着遠志，忽然蹤影全無，連屍首也不知哪裡去了。——

“他們都在社會的冷笑惡罵迫害傾陷裡過了一生；現在他

們的墳墓也早在忘卻裡漸漸平塌下去了。

“我不堪紀念這些事。

“我們還是記起一點得意的事來談談罷。”

N 忽然現出笑容，伸手在自己頭上一摸，高聲說：

“我最得意的是自從第一個雙十節以後，我在路上走，不再被人笑罵了。

“老兄，你可知道頭髮是我們中國人的寶貝和冤家，古今來多少人在這上頭吃些毫無價值的苦呵！

“我們的很古的古人，對於頭髮似乎也還看輕。據刑法看來，最要緊的自然是腦袋，所以大闢是上刑；次要便是生殖器了，所以宮刑和幽閉也是一件嚇人的罰；至於髡，那是微乎其微了，然而推想起來，正不知道曾

有多少人們因為光着頭皮便被社會踐踏了一生世。

“我們講革命的時候，大談甚麼揚州三日，嘉定屠城，其實也不過一種手段；老實說：那時中國人的反抗，何嘗因為亡國，只是因為拖辮子。

“頑民殺盡了，遺老都壽終了，辮子早留定了，洪楊又鬧起來了。我的祖母曾對我說，那時做百姓才難哩，全留着頭髮的被官兵殺，還是辮子的便被長毛殺！

“我不知道有多少中國人只因為這不痛不癢的頭髮而吃苦，受難，滅亡。”

N 兩眼望着屋樑，似乎想些事，仍然說：

“誰知道頭髮的苦輪到我了。

“我出去留學，便剪掉了辮子，這並沒有別的奧妙，只為它太不便當罷了。不料有幾位辮子盤在頭頂上的同學們便很厭惡我；監督也大怒，說要停了我的官費，送回中國去。

“不幾天，這位監督卻自己被人剪去辮子逃走了。去剪的人們裡面，一個便是做《革命軍》的鄒容，這人也因此不能再留學，回到上海來，後來死在西牢裡。你也早已忘卻了罷？

“過了幾年，我的家景大不如前了，非謀點事做便要受餓，只得也回到中國來。我一到上海，便買定一條假辮子，那時是二元的市價，帶着回家。我的母親倒也不說甚麼，然而旁人一見面，便都首先研究這辮子，待到知道是假，就一聲冷笑，將我擬為殺頭的罪名；有一位本家，還預備去告官，但後來因為恐怕革命黨的造反或者要成功，這才中止了。

“我想，假的不如真的直截爽快，我便索性廢了假辮子，穿着西裝在街上走。

“一路走去，一路便是笑罵的聲音，有的還跟在後面罵：‘這冒失鬼！’‘假洋鬼子！’

“我於是不穿洋服了，改了大衫，他們罵得更利害。

"在這日暮途窮的時候，我的手裡才添出一支手杖來，拚命的打了幾回，他們漸漸的不罵了。只是走到沒有打過的生地方還是罵。

"這件事很使我悲哀，至今還時時記得哩。我在留學的時候，曾經看見日報上登載一個遊歷南洋和中國的本多博士的事；這位博士是不懂中國和馬來語的，人問他，你不懂話，怎麼走路呢？他拿起手杖來說，這便是他們的話，他們都懂！我因此氣憤了好幾天，誰知道我竟不知不覺的自己也做了，而且那些人都懂了。……

"宣統初年，我在本地的中學校做監學，同事是避之惟恐不遠，官僚是防之惟恐不嚴，我終日如坐在冰窖子裡，如站在刑場旁邊，其實並非別的，只因為缺少了一條辮子！

"有一日，幾個學生忽然走到我的房裡來，說，'先生，我們要剪辮子了。'我說，'不行！''有辮子好呢，沒有辮子好呢？''沒有辮子好……''你怎麼說不行呢？''犯不上，你們還是不剪上算，——等一等罷。'他們不說甚麼，撅着嘴唇走出房去，然而終於剪掉了。

"呵！不得了了，人言嘖嘖了；我卻只裝作不知道，一任他們光着頭皮，和許多辮子一齊上講堂。

"然而這剪辮病傳染了；第三天，師範學堂的學生忽然也剪下了六條辮子，晚上便開除了六個學生。這六個人，留校不能，回家不得，一直挨到第一個雙十節之後又一個多月，才消去了犯罪的火烙印。

"我呢？也一樣，只是元年冬天到北京，還被人罵過幾次，後來罵我的人也被警察剪去了辮子，我就不再被人辱罵了；但我沒有到鄉間去。"

N 顯出非常得意模樣，忽而又沉下臉來：

"現在你們這些理想家，又在那裡嚷甚麼女子剪髮了，又要造出許多毫無所得而痛苦的人！

“現在不是已經有剪掉頭髮的女人，因此考不進學校去，或者被學校除了名麼？

“改革麼，武器在哪裡？工讀麼，工廠在哪裡？

“仍然留起，嫁給人家做媳婦去：忘卻了一切還是幸福，倘使伊記着些平等自由的話，便要苦痛一生世！

“我要借了阿爾志跋綏夫的話問你們：你們將黃金時代的出現預約給這些人們的子孫了，但有甚麼給這些人們自己呢？

“阿，造物的皮鞭沒有到中國的脊梁上時，中國便永遠是這一樣的中國，決不肯自己改變一支毫毛！

“你們的嘴裡既然並無毒牙，何以偏要在額上貼起‘蝮蛇’兩個大字，引乞丐來打殺？……”

N愈説愈離奇了，但一見到我不很願聽的神情，便立刻閉了口，站起來取帽子。

我説，“回去麼？”

他答道，“是的，天要下雨了。”

我默默的送他到門口。

他戴上帽子説：

“再見！請你恕我打攪，好在明天便不是雙十節，我們統可以忘卻了。”

一九二〇年十月。

風波

臨河的土場上，太陽漸漸的收了它通黃的光線了。場邊靠河的烏桕樹葉，乾巴巴的才喘過氣來，幾個花腳蚊子在下面哼着飛舞。面河的農家的煙突裡，逐漸減少了炊煙，女人孩子們都在自己門口的土場上潑些水，放下小桌子和矮櫈；人知道，這已經是晚飯的時候了。

老人男人坐在矮櫈上，搖着大芭蕉扇閒談，孩子飛也似的跑，或者蹲在烏桕樹下賭玩石子。女人端出烏黑的蒸乾菜和松花黃的米飯，熱蓬蓬冒煙。河裡駛過文人的酒船，文豪見了，大發詩興，說，"無思無慮，這真是田家樂呵！"

但文豪的話有些不合事實，就因為他們沒有聽到九斤老太的話。這時候，九斤老太正在大怒，拿破芭蕉扇敲着櫈腳說：

"我活到七十九歲了，活夠了，不願意眼見這些敗家相，——還是死的好。立刻就要吃飯了，還吃炒豆子，吃窮了一家子！"

伊的曾孫女兒六斤捏着一把豆，正從對面跑來，見這情形，便直奔河邊，藏在烏桕樹後，伸出雙丫角的小頭，大聲說，"這老不死的！"

九斤老太雖然高壽，耳朵卻還不很聾，但也沒有聽到孩子的話，仍舊自己說，"這真是一代不如一代！"

這村莊的習慣有點特別，女人生下孩子，多喜歡用秤稱了輕重，便用斤數當作小名。九斤老太自從慶祝了五十大壽以後，便漸漸的變了不平家，常說伊年青的時候，天氣沒有現在這般熱，豆子也沒有現在這般硬；總之現在的時世是不對了。何況六斤比伊的曾祖，少了三斤，比伊父親七斤，又少了一斤，這真是一條顛撲不破的實例。所以伊又用勁說，“這真是一代不如一代！”

伊的兒媳七斤嫂子正捧着飯籃走到桌邊，便將飯籃在桌上一摔，憤憤的說，“你老人家又這麼說了。六斤生下來的時候，不是六斤五兩麼？你家的秤又是私秤，加重稱，十八兩秤；用了準十六，我們的六斤該有七斤多哩。我想便是太公和公公，也不見得正是九斤八斤十足，用的秤也許是十四兩……”

“一代不如一代！”

七斤嫂還沒有答話，忽然看見七斤從小巷口轉出，便移了方向，對他嚷道，“你這死屍怎麼這時候才回來，死到哪裡去了！不管人家等着你開飯！”

七斤雖然住在農村，卻早有些飛黃騰達的意思。從他的祖父到他，三代不捏鋤頭柄了；他也照例的幫人撐着航船，每日一回，早晨從魯鎮進城，傍晚又回到魯鎮，因此很知道些時事：例如甚麼地方，雷公劈死了蜈蚣精；甚麼地方，閨女生了一個夜叉之類。他在村人裡面，的確已經是一名出場人物了。但夏天吃飯不點燈，卻還守着農家習慣，所以回家太遲，是該罵的。

七斤一手捏着象牙嘴白銅斗六尺多長的湘妃竹煙管，低着頭，慢慢地走來，坐在矮櫈上。六斤也趁勢溜出，坐在他身邊，叫他爹爹。七斤沒有應。

“一代不如一代！”九斤老太說。

七斤慢慢地抬起頭來，歎一口氣說，“皇帝坐了龍庭了。”

七斤嫂呆了一刻，忽而恍然大悟的道，“這可好了，這不是又要皇恩大赦了麼！”

七斤又歎一口氣，說，“我沒有辮子。”

"皇帝要辮子麼？"

"皇帝要辮子。"

"你怎麼知道呢？"七斤嫂有些着急，趕忙的問。

"咸亨酒店裡的人，都說要的。"

七斤嫂這時從直覺上覺得事情似乎有些不妙了，因為咸亨酒店是消息靈通的所在。伊一轉眼瞥見七斤的光頭，便忍不住動怒，怪他恨他怨他；忽然又絕望起來，裝好一碗飯，搡在七斤的面前道，"還是趕快吃你的飯罷！哭喪着臉，就會長出辮子來麼？”

太陽收盡了它最末的光線了，水面暗暗地回復過涼氣來；土場上一片碗筷聲響，人人的脊梁上又都吐出汗粒。七斤嫂吃完三碗飯，偶然抬起頭，心坎裡便禁不住突突地發跳。伊透過烏桕葉，看見又矮又胖的趙七爺正從獨木橋上走來，而且穿着寶藍色竹布的長衫。

趙七爺是鄰村茂源酒店的主人，又是這三十里方圓以內的唯一的出色人物兼學問家；因為有學問，所以又有些遺老的臭味。他有十多本金聖歎批評的《三國誌》，時常坐着一個字一個字的讀；他不但能說出五虎將姓名，甚而至於還知道黃忠表字漢陞和馬超表字孟起。革命以後，他便將辮子盤在頂上，像道士一般；常常歎息說，倘若趙子龍在世，天下便不會亂到這地步了。七斤嫂眼睛好，早望見今天的趙七爺已經不是道士，卻變成光滑頭皮，烏黑髮頂；伊便知道這一定是皇帝坐了龍庭，而且一定須有辮子，而且七斤一定是非常危險。因為趙七爺的這件竹布長衫，輕易是不常穿的，三年以來，只穿過兩次：一次是和他嘔氣的麻子阿四病了的時候，一次是曾經砸爛他酒店的魯大爺死了的時候；現在是第三次了，這一定又是於他有慶，於他的仇家有殃了。

七斤嫂記得，兩年前七斤喝醉了酒，曾經罵過趙七爺是"賤胎"，所以這時便立刻直覺到七斤的危險，心坎裡突突地發起跳來。

趙七爺一路走來，坐着吃飯的人都站起身，拿筷子點着自己的飯碗說，"七爺，請在我們這裡用飯！"七爺也一路點頭，說道"請請"，卻一徑走到七斤家的桌旁。七斤們連忙招呼，七爺也微笑着說“請請”，一面細細的研究他們的飯菜。

“好香的乾菜，——聽到了風聲了麼？”趙七爺站在七斤的後面七斤嫂的對面說。

“皇帝坐了龍庭了。”七斤說。

七斤嫂看着七爺的臉，竭力陪笑道，“皇帝已經坐了龍庭，幾時皇恩大赦呢？”

“皇恩大赦？——大赦是慢慢的總要大赦罷。”七爺說到這裡，聲色忽然嚴厲起來，“但是你家七斤的辮子呢，辮子？這倒是要緊的事。你們知道：長毛時候，留髮不留頭，留頭不留髮，……”

七斤和他的女人沒有讀過書，不很懂得這古典的奧妙，但覺得有學問的七爺這麼說，事情自然非常重大，無可挽回，便彷彿受了死刑宣告似的，耳朵裡嗡的一聲，再也說不出一句話。

“一代不如一代，——”九斤老太正在不平，趁這機會，便對趙七爺說，“現在的長毛，只是剪人家的辮子，僧不僧，道不道的。從前的長毛，這樣的麼？我活到七十九歲了，活夠了。從前的長毛是——整匹的紅緞子裹頭，拖下去，拖下去，一直拖到腳跟；王爺是黃緞子，拖下去，黃緞子；紅緞子，黃緞子，——我活夠了，七十九歲了。”

七斤嫂站起身，自言自語的說，“這怎麼好呢？這樣的一班老小，都靠他養活的人，……”

趙七爺搖頭道，“那也沒法。沒有辮子，該當何罪，書上都一條一條明明白白寫着的。不管他家裡有些甚麼人。”

七斤嫂聽到書上寫着，可真是完全絕望了；自己急得沒法，便忽然又恨到七斤。伊用筷子指着他的鼻尖說，“這死屍自作自受！造反的時候，我本來說，不要撐船了，不要上城了。他偏要死進城去，滾進城去，進城便被人剪去了辮子。從前是絹光烏黑的辮子，現在弄得僧不僧道不道的。這囚徒自作自受，帶累了我們又怎麼說呢？這活死屍的囚徒……”

村人看見趙七爺到村，都趕緊吃完飯，聚在七斤家飯桌的周圍。七斤自己知道是出場人物，被女人當大眾這樣辱罵，很不雅觀，便只得抬起頭，慢慢地說道：

“你今天說現成話，那時你……”

“你這活死屍的囚徒……”

看客中間，八一嫂是心腸最好的人，抱着伊的兩週歲的遺腹子，正在七斤嫂身邊看熱鬧；這時過意不去，連忙解勸說，“七斤嫂，算了罷。人不是神仙，誰知道未來事呢？便是七斤嫂，那時不也說，沒有辮子倒也沒有甚麼醜麼？況且衙門裡的大老爺也還沒有告示，……”

七斤嫂沒有聽完，兩個耳朵早通紅了；便將筷子轉過向來，指着八一嫂的鼻子，說，“阿呀，這是甚麼話呵！八一嫂，我自己看來倒還是一個人，會說出這樣昏誕糊塗話麼？那時我是，整整哭了三天，誰都看見；連六斤這小鬼也都哭，……”六斤剛吃完一大碗飯，拿了空碗，伸手去嚷着要添。七斤嫂正沒好氣，便用筷子在伊的雙丫角中間，直扎下去，大喝道，“誰要你來多嘴！你這偷漢的小寡婦！”

撲的一聲，六斤手裡的空碗落在地上了，恰好又碰着一塊磚角，立刻破成一個很大的缺口。七斤直跳起來，撿起破碗，合上了檢查一回，也喝道，“入娘的！”一巴掌打倒了六斤。六斤躺着哭，九斤老太拉了伊的手，連說着“一代不如一代”，一同走了。

八一嫂也發怒，大聲說，“七斤嫂，你‘恨棒打人。’……”

趙七爺本來是笑着旁觀的；但自從八一嫂說了“衙門裡的大老爺沒有告示”這話以後，卻有些生氣了。這時他已經繞出桌旁，接着說，“‘恨棒打人’，算甚麼呢。大兵是就要到的。你可知道，這回保駕的是張大帥，張大帥就是燕人張翼德的後代，他一支丈八蛇矛，就有萬夫不當之勇，誰能抵擋他，”他兩手同時捏起空拳，彷彿握着無形的蛇矛模樣，向八一嫂搶進幾步道，“你能抵擋他麼！”

八一嫂正氣得抱着孩子發抖，忽然見趙七爺滿臉油汗，瞪着眼，準對伊衝過來，便十分害怕，不敢說完話，回身走了。趙七爺也跟着走去，眾人一面怪八一嫂多事，一面讓開路，幾個剪過辮子重新留起的便趕快躲在人叢後面，怕他看見。趙七爺也不細心察訪，通過人叢，忽然轉入烏桕樹後，說道“你能抵擋他麼！”跨上獨木橋，揚長去了。

村人們呆呆站着，心裡計算，都覺得自己確乎抵不住張翼德，因此也決定七斤便要沒有性命。七斤既然犯了皇法，想起他往常對人談論城中的新聞的時候，就不該含着長煙管顯出那般驕傲模樣，所以對於七斤的犯法，也覺得有些暢快。他們也彷彿想發些議論，卻又覺得沒有甚麼議論可發。嗡嗡的一陣亂嚷，蚊子都撞過赤膊身子，闖到烏桕樹下去做市；他們也就慢慢地走散回家，關上門去睡覺。七斤嫂咕噥着，也收了傢伙和桌子矮櫈回家，關上門睡覺了。

七斤將破碗拿回家裡，坐在門檻上吸煙；但非常憂愁，忘卻了吸煙，象牙嘴六尺多長湘妃竹煙管的白銅斗裡的火光，漸漸發黑了。他心裡但覺得事情似乎十分危急，也想想些方法，想些計劃，但總是非常模糊，貫穿不得：“辮子呢辮子？丈八蛇矛。一代不如一代！皇帝坐龍庭。破的碗須得上城去釘好。誰能抵擋他？書上一條一條寫着。入娘的！……”

第二日清晨，七斤依舊從魯鎮撐航船進城，傍晚回到魯鎮，又拿着六尺多長的湘妃竹煙管和一個飯碗回村。他在晚飯席上，對九斤老太説，這碗是在城內釘合的，因為缺口大，所以要十六個銅釘，三文一個，一總用了四十八文小錢。

九斤老太很不高興的説，“一代不如一代，我是活夠了。三文錢一個釘；從前的釘，這樣的麼？從前的釘是……我活了七十九歲了，——”

此後七斤雖然是照例日日進城，但家景總有些黯淡，村人大抵迴避着，不再來聽他從城內得來的新聞。七斤嫂也沒有好聲氣，還時常叫他“囚徒”。

過了十多日，七斤從城內回家，看見他的女人非常高興，問他説，“你在城裡可聽到些甚麼？”

“沒有聽到些甚麼。”

“皇帝坐了龍庭沒有呢？”

“他們沒有説。”

“咸亨酒店裡也沒有人説麼？”

“也沒人説。”

“我想皇帝一定是不坐龍庭了。我今天走過趙七爺的店前，看見他又坐着唸書了，辮子又盤在頂上了，也沒有穿長衫。”

“…………”

“你想，不坐龍庭了罷？”

“我想，不坐了罷。”

現在的七斤，是七斤嫂和村人又都早給他相當的尊敬，相當的待遇了。到夏天，他們仍舊在自家門口的土場上吃飯；大家見了，都笑嘻嘻的招呼。九斤老太早已做過八十大壽，仍然不平而且康健。六斤的雙丫角，已經變成一支大辮子了；伊雖然新近裹腳，卻還能幫同七斤嫂做事，捧着十八個銅釘的飯碗，在土場上一瘸一拐的往來。

一九二〇年十月。

小專題

愚昧國民形像的塑造

好的文學作品來自深刻的生活體驗。魯迅生活的時代，處於中國近代極艱苦的時候，有亡國滅種的危機。歐洲強國乘着海軍實力雄厚，到東方來以炮艦開拓市場，獲取財富寶藏的時候，中國還在以往強國舊光輝裡造夢，結果多次被打敗，不斷割地賠錢。由於教育還是精英的專利，人口大增而經濟趕不上，社會又困在科舉和禮教的末流中，人民變得愚昧，加上戰敗賠錢，民窮財盡，小民性命賤如螻蟻，對自己的悲慘命運麻木。魯迅數十年裡目睹國民的愚昧麻木。愛之深，責之切，寫成小説，變成有血有肉的形像。其中最成功的，是孔乙己和阿 Q。

孔乙己是讀書人，因此是精英，雖然是失敗的精英。嚴格而言，孔乙己還不算是純正的愚民，阿 Q 則是典型的未受教育的文盲農民。魯迅寫孔乙己，在輕描淡寫中透出淡淡的愁緒；寫阿 Q 則用喜劇般滑稽諷刺的筆調，讓阿Q 上演一齣鬧劇，令人嘻哈絕倒之餘，體會到背後笑中有淚。所以〈阿 Q 正傳〉往往又被稱為悲喜劇。整篇小説，喜劇和悲劇情節交織互疊、互為因果；喜劇色彩與悲劇成分有機融合，最後以滑稽的大悲劇結局收束。這既是行文的線索，又是阿 Q 性格發展的脈絡。

從結構來説，《阿 Q 正傳》一開始就扮作嚴肅的正式傳記，考證一番，已突顯了諷刺的風格。後文一直沿着傳記的線索發展，有中興有末路，在阿 Q 的人生起落這大條線索裡摻入時勢變化，摻入大變下所見到的人性，小説甫出，當時的人有很多人自我與小説中各種角色對號入座。

從人物的刻畫來説，阿 Q 的愚昧和可笑是逐步揭示的。未莊大戶趙太爺的兒子考中秀才時，喝了兩碗黃酒的阿 Q 一時高興，自稱是趙太爺的本家、秀才的長輩，結果第二天就挨了嘴巴，賠了地保酒錢。阿 Q 窮，同人口角時卻偏愛説：“我們先前——比你闊的多啦！”一個窮人，偏生了極強的自尊心，對冒犯自己的人即予打擊，往往又被人打敗，實為滑稽。人無常勝，敗則敗矣，可他偏喜歡用“我總算被兒子打了”來總結失敗，從而招致更多的欺侮，被迫自輕自賤為蟲豸。有時甚至把自己同時幻化成強弱兩個人：以強者的我打弱者的我來出氣；或者乾脆欺侮比自己更弱的人（如小尼姑）來彌補失敗。精神勝利法之荒誕，使小説具有了強烈的喜劇效果，讓讀者忍俊不禁。

然而，笑過之後又不免心酸，阿 Q 作為一個“能幹”的勞動者，終年勞作卻上無片瓦下無壟地，姓名籍貫也無人知曉，做人的自尊在現實社會中無“尊”可言，他不得不把自尊建立在幻想中。種種可笑的勝利，實乃社會對阿 Q 心靈扭曲的產物，它帶來的也只能是更大的悲劇。他追求寡婦吳媽，其情其態頗值一哂，而隨後的毒打、敲詐勒索，以及被迫離開未莊另謀生計，卻不能不令人憤懣。短暫的中興，愚蠢可笑的阿 Q 式革命，更是直接導致他最終滅亡的悲劇。至此，一個滑稽可笑，可憐可悲的愚昧國民形像躍然紙上，呼之欲出。

阿 Q 式的愚昧國民在《吶喊》可謂俯拾即是，例如〈自序〉中麻木的殺頭看客，〈藥〉中愚鈍的茶客等等。但沒有哪一個似阿 Q 這般清晰、全面和具體。阿 Q 確實是一代愚弱國民的剪影，來自作者對社會生活的深刻體驗與高度提煉。

趣味重溫（2）

一、 你明白嗎

1. 請按阿 Q 的優先次序，排列阿 Q 被冒犯時，他的對付方法：
   a. 精神勝利法
   b. 打罵
   c. 怒目而視

2. 〈風波〉中，一家三代以九斤老太的兒子小名七斤，孫女兒六斤，讓九斤老太感到三代下來，是 ______________ ，因此很不平。

3. 〈吶喊〉故事的人物，常常為新舊交替期間的混亂而產生生活小苦惱，請填上他們的苦惱和解決方法。
   a. 〈端午節〉的方玄綽不想守舊地叫妻子為太太，於是發明了 ________________ 的叫法。
   b. 〈風波〉的七斤聽見皇帝又坐了龍庭，為自己沒有 ____________ 而苦惱。
   c. 〈阿 Q 正傳〉中，革命之後，阿 Q 見了官，官叫他站着說話，阿 Q 的 ____________ 卻自然而然寬鬆而跪下去。

4. 〈吶喊〉是新舊時代交替時的作品，請勾出〈吶喊〉曾提過的新事物：
   a. 美孚油燈
   b. 學潮
   c. 革命黨
   d. 辭源
   e. 長毛
   f. 復辟
   g. 假洋鬼子
   h. 氫氣球

5. 〈阿Q正傳〉、〈一件小事〉、〈故鄉〉、〈端午節〉、〈頭髮的故事〉、〈風波〉這幾篇小說裡，有兩個主角沒有被作者諷刺，這兩個主角是 ____________ 和 ____________ 。

二、 想深一層

1. 魯迅小說成功的一個原因，是人物描寫很生動。他擅長綜合運用畫龍點睛的形貌描寫、生動傳神的語言描寫、栩栩如生的動作描寫、細膩深刻的心理描寫來刻畫人物形象。恰當運用修辭手法是重要的手段。試連線下列小說片段和人物描寫具體類型及所使用的修辭手法。

小說片段	人物描寫類型	修辭手法
我吃了一嚇，趕忙抬起頭，卻見一個凸顴骨，薄嘴唇，五十歲上下的女人站在我面前，兩手搭在髀間，沒有繫裙，張着兩腳，正像一個畫圖儀器裡細腳伶仃的圓規。〈故鄉〉 •	• 語言描寫 •	•象 徵
一個渾身黑色的人，站在老栓面前，眼光正像兩把刀，刺得老栓縮小了一半。那人一隻大手，向他攤着；一隻手卻撮着一個鮮紅的饅頭，那紅的還是一點一點的往下滴。〈藥〉 •	• 心理描寫 •	•比 喻
“義哥是一手好拳棒，這兩下，一定夠他受用了。”壁角的駝背忽然高興起來。“他這賤骨頭打不怕，還要說 可憐可憐哩。”花白鬍子的人說，“打了這種東西，有甚麼可憐呢？”〈藥〉 •	• 行為描寫 •	•誇 張
我想：我同趙貴翁有甚麼仇，同路上的人又有甚麼仇；只有廿年以前，把古久先生的陳年流水簿子，踹了一腳，古久先生很不高興。〈狂人日記〉 •	• 相貌描寫 •	•借代

2. 〈故鄉〉中，母親總結看瓜英雄閏土是受“多子、饑荒、兵、匪、官、紳”所害， 其中兵、匪、官、紳問題在〈吶喊〉的哪些故事中有反映（可多於一個）？

   a. 兵（戰爭）　　故事：______________________

   b. 匪　　故事：______________________

   c. 官　　故事：______________________

   d. 紳　　故事：______________________

3. 魯迅在〈吶喊〉自序裡講到希望，在〈故鄉〉的結尾，他也講到希望，在〈故鄉〉裡讓他感到有希望的是甚麼人？他在這文章結尾對希望的態度，與〈吶喊〉自序結尾對希望的態度相同嗎？

4. 試把阿 Q 的言行、心理和其所體現的國民劣根性連線搭配。

言行、心理		國民劣根性
我們先前──比你闊的多啦！你算是甚麼東西！ ●		● 自欺欺人
打蟲豸，好不好？我是蟲豸──還不放麼？ ●		● 恃強凌弱
他擎起右手，用力的在自己臉上連打了兩個嘴巴，熱剌剌的有些痛；打完之後，便心平氣和起來，似乎打的是自己，被打的是別一個自己。 ●		● 自高自大
阿 Q 看見自己的勳業得了賞識，便愈加興高采烈起來：“和尚動得，我動不得？”他扭住伊的面頰。 ●		● 自輕自賤

三、延伸思考

1. 本單元各篇文章幾乎都有暴露當時中國國民的劣根性，你認為這些劣根性是天生的還是後天的？在你身上有這種劣根性嗎？

2. 你是否用過阿 Q 的“精神勝利法”？有人說阿 Q 精神在某些情形下有可取之處，你同意嗎？

社戲

我在倒數上去的二十年中，只看過兩回中國戲，前十年是絕不看，因為沒有看戲的意思和機會，那兩回全在後十年，然而都沒有看出甚麼來就走了。

第一回是民國元年我初到北京的時候，當時一個朋友對我説，北京戲最好，你不去見見世面麼？我想，看戲是有味的，而況在北京呢。於是都興致勃勃的跑到甚麼園，戲文已經開場了，在外面也早聽到鼕鼕地響。我們挨進門，幾個紅的綠的在我的眼前一閃爍，便又看見戲台下滿是許多頭，再定神四面看，卻見中間也還有幾個空座，擠過去要坐時，又有人對我發議論，我因為耳朵已經喤喤的響着了，用了心，才聽到他是説“有人，不行！”

我們退到後面，一個辮子很光的卻來領我們到了側面，指出一個地位來。這所謂地位者，原來是一條長櫈，然而它那坐板比我的上腿要狹到四分之三，它的腳比我的下腿要長過三分之二。我先是沒有爬上去的勇氣，接着便聯想到私刑拷打的刑具，不由的毛骨悚然的走出了。

走了許多路，忽聽得我的朋友的聲音道，“究竟怎的？”我回過臉去，原來他也被我帶出來了。他很詫異的説，“怎麼總是走，不答應？”我説，“朋友，對不起，我耳朵只在鼕鼕喤喤的響，並沒有聽到你的話。”

後來我每一想到，便很以為奇怪，似乎這戲太不好，——否則便是我近來在戲台下不適於生存了。

第二回忘記了哪一年，總之是募集湖北水災捐而譚叫天還沒有死。捐法是兩元錢買一張戲票，可以到第一舞台去看戲，扮演的多是名角，其一就是小叫天。我買了一張票，本是對於勸募人聊以塞責的，然而似乎又有好事家乘機對我說了些叫天不可不看的大法要了。我於是忘了前幾年的鼕鼕喤喤之災，竟到第一舞台去了，但大約一半也因為重價購來的寶票，總得使用了才舒服。我打聽得叫天出台是遲的，而第一舞台卻是新式構造，用不着爭座位，便放了心，延宕到九點鐘才出去，誰料照例，人都滿了，連立足也難，我只得擠在遠處的人叢中看一個老旦在台上唱。那老旦嘴邊插着兩個點火的紙撚子，旁邊有一個鬼卒，我費盡思量，才疑心她或者是目連的母親，因為後來又出來了一個和尚。然而我又不知道那名角是誰，就去問擠小在我的左邊的一位胖紳士。他很看不起似的斜瞥了我一眼，說道，“龔雲甫！”我深愧淺陋而且粗疏，臉上一熱，同時腦裡也制出了決不再問的定章，於是看小旦唱，看花旦唱，看老生唱，看不知甚麼角色唱，看一大班人亂打，看兩三個人互打，從九點多到十點，從十點到十一點，從十一點到十一點半，從十一點半到十二點，——然而叫天竟還沒有來。

我向來沒有這樣忍耐的等候過甚麼事物，而況這身邊的胖紳士的吁吁的喘氣，這台上的鼕鼕喤喤的敲打，紅紅綠綠的晃蕩，加之以十二點，忽而使我省悟到在這裡不適於生存了。我同時便機械的擰轉身子，用力往外只一擠，覺得背後便已滿滿的，大約那彈性的胖紳士早在我的空處胖開了他的右半身了。我後無回路，自然擠而又擠，終於出了大門。街上除了專等看客的車輛之外，幾乎沒有甚麼行人了，大門口卻還有十幾個人昂着頭看戲目，別有一堆人站着並不看甚麼，我想：他們大概是看散戲之後出來的女人們的，而叫天卻還沒有來……

然而夜氣很清爽，真所謂“沁人心脾”，我在北京遇着這樣的好空氣，彷彿這是第一遭了。

這一夜，就是我對於中國戲告了別的一夜，此後再沒有想到它，即使偶而經過戲園，我們也漠不相關，精神上早已一在天之南一在地之北了。

但是前幾天，我忽在無意之中看到一本日本文的書，可惜忘記了書名和著者，總之是關於中國戲的。其中有一篇，大意彷彿說，中國戲是大敲，大叫，大跳，使看客頭昏腦眩，很不適於劇場，但若在野外散漫的所在，遠遠的看起來，也自有它的風致。我當時覺着這正是說了在我意中而未曾想到的話，因為我確記得在野外看過很好的好戲，到北京以後的連進兩回戲園去，也許還是受了那時的影響哩。可惜我不知道怎麼一來，竟將書名忘卻了。

至於我看那好戲的時候，卻實在已經是"遠哉遙遙"的了，其時恐怕我還不過十一二歲。我們魯鎮的習慣，本來是凡有出嫁的女兒，倘自己還未當家，夏間便大抵回到母家去消夏。那時我的祖母雖然還康健，但母親也已分擔了些家務，所以夏期便不能多日的歸省了，只得在掃墓完畢之後，抽空去住幾天，這時我便每年跟了我的母親住在外祖母的家裡。那地方叫平橋村，是一個離海邊不遠，極偏僻的，臨河的小村莊；住户不滿三十家，都種田，打魚，只有一家很小的雜貨店。但在我是樂土：因為我在這裡不但得到優待，又可以免唸"秩秩斯干幽幽南山"了。

和我一同玩的是許多小朋友，因為有了遠客，他們也都從父母哪裡得了減少工作的許可，伴我來遊戲。在小村裡，一家的客，幾乎也就是公共的。我們年紀都相仿，但論起行輩來，卻至少是叔子，有幾個還是太公，因為他們合村都同姓，是本家。然而我們是朋友，即使偶而吵鬧起來，打了太公，一村的老老小小，也決沒有一個會想出"犯上"這兩個字來，而他們也百分之九十九不識字。

我們每天的事情大概是掘蚯蚓，掘來穿在銅絲做的小鉤上，伏在河沿上去釣蝦。蝦是水世界裡的呆子，決不憚用了自己的兩個鉗捧着鉤尖送到嘴裡去的，所以不半天便可以釣到一大碗。這蝦照例是歸我吃的。其次便是一同去放牛，但或者因為高等動物了的緣故罷，黃牛水牛都欺生，敢於欺侮我，因此我也總不敢走近身，只好遠遠地跟着，站着。這時候，小朋友們便不再原諒我會讀"秩秩斯干"，卻全都嘲笑起來了。

至於我在那裡所第一盼望的，卻在到趙莊去看戲。趙莊是離平橋村五里的較大的村莊；平橋村太小，自己演不起戲，每年總付給趙莊多少錢，算作合做的。當時我並不想到他們為甚麼年年要演戲。現在想，那或者是春賽，是社戲了。

就在我十一二歲時候的這一年，這日期也看看等到了。不料這一年真可惜，在早上就叫不到船。平橋村只有一隻早出晚歸的航船是大船，決沒有留用的道理。其餘的都是小船，不合用；央人到鄰村去問，也沒有，早都給別人定下了。外祖母很氣惱，怪家裡的人不早定，絮叨起來。母親便寬慰伊，說我們魯鎮的戲比小村裡的好得多，一年看幾回，今天就算了。只有我急得要哭，母親卻竭力的囑咐我，說萬不能裝模裝樣，怕又招外祖母生氣，又不准和別人一同去，說是怕外祖母要擔心。

總之，是完了。到下午，我的朋友都去了，戲已經開場了，我似乎聽到鑼鼓的聲音，而且知道他們在戲台下買豆漿喝。

這一天我不釣蝦，東西也少吃。母親很為難，沒有法子想。到晚飯時候，外祖母也終於覺察了，並且說我應當不高興，他們太怠慢，是待客的禮數裡從來所沒有的。吃飯之後，看過戲的少年們也都聚攏來了，高高興興的來講戲。只有我不開口；他們都歎息而且表同情。忽然間，一個最聰明的雙喜大悟似的提議了，他說，“大船？八叔的航船不是回來了麼？”十幾個別的少年也大悟，立刻攛掇起來，說可以坐了這航船和我一同去。我高興了。然而外祖母又怕都是孩子們，不可靠；母親又說是若叫大人一同去，他們白天全有工作，要他熬夜，是不合情理的。在這遲疑之中，雙喜可又看出底細來了，便又

大聲的説道，“我寫包票！船又大；迅哥兒向來不亂跑；我們又都是識水性的！”

誠然！這十多個少年，委實沒有一個不會鳧水的，而且兩三個還是弄潮的好手。

外祖母和母親也相信，便不再駁回，都微笑了。我們立刻一哄的出了門。

我的很重的心忽而輕鬆了，身體也似乎舒展到説不出的大。一出門，便望見月下的平橋內泊着一隻白篷的航船，大家跳下船，雙喜拔前篙，阿發拔後篙，年幼的都陪我坐在艙中，較大的聚在船尾。母親送出來吩咐“要小心”的時候，我們已經點開船，在橋石上一磕，退後幾尺，即又上前出了橋。於是架起兩支櫓，一支兩人，一里一換，有說笑的，有嚷的，夾着潺潺的船頭激水的聲音，在左右都是碧綠的豆麥田地的河流中，飛一般徑向趙莊前進了。

兩岸的豆麥和河底的水草所發散出來的清香，夾雜在水氣中撲面的吹來；月色便朦朧在這水氣裡。淡黑的起伏的連山，彷彿是踴躍的鐵的獸脊似的，都遠遠的向船尾跑去了，但我卻還以為船慢。他們換了四回手，漸望見依稀的趙莊，而且似乎聽到歌吹了，還有幾點火，料想便是戲台，但或者也許是漁火。

那聲音大概是橫笛，宛轉，悠揚，使我的心也沉靜，然而又自失起來，覺得要和它彌散在含着豆麥蘊藻之香的夜氣裡。

那火接近了，果然是漁火；我才記得先前望見的也不是趙莊。那是正對船頭的一叢松柏林，我去年也曾經去遊玩過，還看見破的石馬倒在地下，一個石羊蹲在草裡呢。過了那林，船便彎進了叉港，於是趙莊便真在眼前了。

最惹眼的是屹立在莊外臨河的空地上的一座戲台，模糊在遠處的月夜中，和空間幾乎分不出界限，我疑心畫上見過的仙境，就在這裡出現了。這時船走得更快，不多時，在台上顯出人物來，紅紅綠綠的動，近台的河裡一望烏黑的是看戲的人家的船篷。

“近台沒有甚麼空了，我們遠遠的看罷。”阿發說。

這時船慢了，不久就到，果然近不得台旁，大家只能下了篙，比那正對戲台的神棚還要遠。其實我們這白篷的航船，本也不願意和烏篷的船在一處，而況並沒有空地呢……

在停船的匆忙中，看見台上有一個黑的長鬍子的背上插着四張旗，捏着長槍，和一群赤膊的人正打仗。雙喜說，那就是有名的鐵頭老生，能連翻八十四個觔斗，他日裡親自數過的。

我們便都擠在船頭上看打仗，但那鐵頭老生卻又並不翻觔斗，只有幾個赤膊的人翻，翻了一陣，都進去了，接着走出一個小旦來，咿咿呀呀的唱。雙喜說，“晚上看客少，鐵頭老生也懈了，誰肯顯本領給白地看呢？”我相信這話對，因為其時台下已經不很有人，鄉下人為了明天的工作，熬不得夜，早都睡覺去了，疏疏朗朗的站着的不過是幾十個本村和鄰村的閒漢。烏篷船裡的那些土財主的家眷固然在，然而他們也不在乎看戲，多半是專到戲台下來吃糕餅水果和瓜子的。所以簡直可以算白地。

然而我的意思卻也並不在乎看翻觔斗。我最願意看的是一個人蒙了白布，兩手在頭上捧着一支棒似的蛇頭的蛇精，其次是套了黃布衣跳老虎。但是等了許多時都不見，小旦雖然進去了，立刻又出來了一個很老的小生。我有些疲倦了，託桂生買豆漿去。他去了一刻，回來說，“沒有。賣豆漿的聾子也回去了。日裡倒有，我還喝了兩碗呢。現在去舀一瓢水來給你喝罷。”

我不喝水，支撐着仍然看，也說不出見了些甚麼，只覺得戲子的臉都漸漸的有些稀奇了，那五官漸不明顯，似乎融成一片的再沒有甚麼高低。年紀小的幾個多打呵欠了，大的也各管自己談話。忽而一個紅衫的小丑被綁在台柱子上，給一個花白鬍子的用馬鞭打起來了，大家才又振作精神的笑着看。在這一夜裡，我以為這實在要算是最好的一折。

然而老旦終於出台了。老旦本來是我所最怕的東西，尤其是怕她坐下了唱。這時候，看見大家也都很掃興，才知道他們的意見是和我一致的。那老旦當初還只是踱來踱去的唱，後來竟在中間的一把交椅上坐下了。我很擔心；雙喜他們卻就破口喃喃的罵。我忍耐的等着，許多工夫，只見那老旦將手一抬，我以為就要站起來了，不料她卻又慢慢的放下在原地方，仍舊唱。全船裡幾個人不住的吁氣，其餘的也打起呵欠來。雙喜終於熬不住了，說道，怕她會唱到天明還不完，還是我們走的好罷。大家立刻都贊成，和開船時候一樣踴躍，三四人徑奔船尾，拔了篙，點退幾丈，回轉船頭，駕起櫓，罵着老旦，又向那松柏林前進了。

月還沒有落，彷彿看戲也並不很久似的，而一離趙莊，月光又顯得格外的皎潔。回望戲台在燈火光中，卻又如初來未到時候一般，又縹緲得像一座仙山樓閣，滿被紅霞罩着了。吹到耳邊來的又是橫笛，很悠揚；我疑心老旦已經進去了，但也不好意思說再回去看。

不多久，松柏林早在船後了，船行也並不慢，但周圍的黑暗只是濃，可知已經到了深夜。他們一面議論着戲子，或罵，或笑，一面加緊的搖船。這一次船頭的激水聲更其響亮了，那航船，就像一條大白魚揹着一群孩子在浪花裡躥，連夜漁的幾個老漁父，也停了艇子看着喝彩起來。

離平橋村還有一里模樣，船行卻慢了，搖船的都說很疲乏，因為太用力，而且許久沒有東西吃。這回想出來的是桂生，說是羅漢豆正旺相，柴火又現成，我們可以偷一點來煮吃的。大家都贊成，立刻近岸停了船；岸上的田裡，烏油油的便都是結實的羅漢豆。

“阿阿，阿發，這邊是你家的，這邊是老六一家的，我們偷哪一邊的呢？”雙喜先跳下去了，在岸上說。

我們也都跳上岸。阿發一面跳，一面說道，“且慢，讓我來看一看罷，”他於是往來的摸了一回，直起身來說道，“偷我們的罷，我們的大得多呢。”一聲答應，大家便散開在阿發家的豆田裡，各摘了一大捧，拋入船艙中。雙喜以為再多偷，倘給阿發的娘知道是要哭罵的，於是各人便到六一公公的田裡又各偷了一大捧。

我們中間幾個年長的仍然慢慢的搖着船，幾個到後艙去生火，年幼的和我都剝豆。不久豆熟了，便任憑航船浮在水面上，都圍起來用手撮着吃。吃完豆，又開船，一面洗器具，豆莢豆殼全拋在河水裡，甚麼痕跡也沒有了。雙喜所慮的是用了八公公船上的鹽和柴，這老頭子很細心，一定要知道，會罵的。然而大家議論之後，歸結是不怕。他如果罵，我們便要他歸還去年在岸邊拾去的一枝枯桕樹，而且當面叫他“八癩子”。

“都回來了！哪裡會錯。我原說過寫包票的！”雙喜在船頭上忽而大聲的說。

我向船頭一望，前面已經是平橋。橋腳上站着一個人，卻是我的母親，雙喜便是對伊說着話。我走出前艙去，船也就進了平橋了，停了船，我們紛紛都上岸。母親頗有些生氣，說是過了三更了，怎麼回來得這樣遲，但也就高興了，笑着邀大家去吃炒米。

大家都說已經吃了點心，又渴睡，不如及早睡的好，各自回去了。

第二天，我晌午才起來，並沒有聽到甚麼關係八公公鹽柴事件的糾葛，下午仍然去釣蝦。

“雙喜，你們這班小鬼，昨天偷了我的豆了罷？又不肯好好的摘，踏壞了不少。”我抬頭看時，是六一公公棹着小船，賣了豆回來了，船肚裡還有剩下的一堆豆。

“是的。我們請客。我們當初還不要你的呢。你看，你把我的蝦嚇跑了！”雙喜說。

六一公公看見我，便停了楫，笑道，“請客？——這是應該的。”於是對我說，“迅哥兒，昨天的戲可好麼？”

我點一點頭，說道，“好。”

“豆可中吃呢？”

我又點一點頭，説道，“很好。”

不料六一公公竟非常感激起來，將大拇指一翹，得意的説道，“這真是大市鎮裡出來的讀過書的人才識貨！我的豆種是粒粒挑選過的，鄉下人不識好歹，還説我的豆比不上別人的呢。我今天也要送些給我們的姑奶奶嚐嚐去……”他於是打着楫子過去了。

待到母親叫我回去吃晚飯的時候，桌上便有一大碗煮熟了的羅漢豆，就是六一公公送給母親和我吃的。聽説他還對母親極口誇獎我，説“小小年紀便有見識，將來一定要中狀元。姑奶奶，你的福氣是可以寫包票的了。”但我吃了豆，卻並沒有昨夜的豆那麼好。

真的，一直到現在，我實在再沒有吃到那夜似的好豆，——也不再看到那夜似的好戲了。

一九二二年十月。

兔和貓

住在我們後進院子裡的三太太，在夏間買了一對白兔，是給伊的孩子們看的。

這一對白兔，似乎離娘並不久，雖然是異類，也可以看出牠們的天真爛漫來。但也豎直了小小的通紅的長耳朵，動着鼻子，眼睛裡頗現些驚疑的神色，大約究竟覺得人地生疏，沒有在老家時候的安心了。這種東西，倘到廟會日期自己出去買，每個至多不過兩吊錢，而三太太卻花了一元，因為是叫小使上店買來的。

孩子們自然大得意了，嚷着圍住了看；大人也都圍着看；還有一匹小狗名叫S的也跑來，闖過去一嗅，打了一個噴嚏，退了幾步。三太太吆喝道，"S，聽着，不准你咬牠！"於是在牠頭上打了一拳，S便退開了，從此並不咬。

這一對兔總是關在後窗後面的小院子裡的時候多，聽說是因為太喜歡撕壁紙，也常常啃木器腳。這小院子裡有一株野桑樹，桑子落地，牠們最愛吃，便連餵牠們的菠菜也不吃了。烏鴉喜鵲想要下來時，牠們便躬着身子用後腳在地上使勁的一彈，砉的一聲直跳上來，像飛起了一團雪，鴉鵲嚇得趕緊走，這樣的幾回，再也不敢近來了。三太太說，鴉鵲倒不打緊，至多也不過搶吃一點食料，可惡的是一匹大黑貓，常在矮牆上惡狠狠的看，這卻要防的，幸而S和貓是對頭，或者還不至於有甚麼罷。

孩子們時時捉牠們來玩耍；牠們很和氣，豎起耳朵，動着鼻子，馴良的站在小手的圈子裡，但一有空，卻也就溜開去了。牠們夜裡的臥榻是一個小木箱，裡面鋪些稻草，就在後窗的房簷下。

這樣的幾個月之後，牠們忽而自己掘土了，掘得非常快，前腳一抓，後腳一踢，不到半天，已經掘成一個深洞。大家都奇怪，後來仔細看時，原來一個的肚子比別一個的大得多了。牠們第二天便將乾草和樹葉啣進洞裡去，忙了大半天。

大家都高興，説又有小兔可看了；三太太便對孩子們下了戒嚴令，從此不許再去捉。我的母親也很喜歡牠們家族的繁榮，還説待生下來的離了乳，也要去討兩匹來養在自己的窗外面。

牠們從此便住在自造的洞府裡，有時也出來吃些食，後來不見了，可不知道牠們是預先運糧存在裡面呢還是竟不吃。過了十多天，三太太對我説，那兩匹又出來了，大約小兔是生下來又都死掉了，因為雌的一匹的奶非常多，卻並不見有進去哺養孩子的形跡。伊言語之間頗氣憤，然而也沒有法。

有一天，太陽很溫暖，也沒有風，樹葉都不動，我忽聽得許多人在那裡笑，尋聲看時，卻見許多人都靠着三太太的後窗看：原來有一個小兔，在院子裡跳躍了。這比牠的父母買來的時候還小得遠，但也已經能用後腳一彈地，迸跳起來了。孩子們爭着告訴我説，還看見一個小兔到洞口來探一探頭，但是即刻縮回去了，那該是牠的弟弟罷。

那小的也撿些草葉吃，然而大的似乎不許牠，往往夾口的搶去了，而自己並不吃。孩子們笑得響，那小的終於吃驚了，便跳着鑽進洞裡去；大的也跟到洞門口，用前腳推着牠的孩子的脊梁，推進之後，又爬開泥土來封了洞。

從此小院子裡更熱鬧，窗口也時時有人窺探了。

然而竟又全不見了那小的和大的。這時是連日的陰天，三太太又慮到遭了那大黑貓的毒手的事去。我説不然，那是天氣冷，當然都躲着，太陽一出，一定出來的。

太陽出來了，牠們卻都不見。於是大家就忘卻了。 惟有三太太是常在那裡餵牠們菠菜的，所以常想到。伊有一回走進窗後的小院子去，忽然在牆角上發現了一個別的洞，再看舊洞口，卻依稀的還見有許多爪痕。這爪痕倘說是大兔的，爪該不會有這樣大，伊又疑心到那常在牆上的大黑貓去了，伊於是也就不能不定下發掘的決心了。伊終於出來取了鋤子，一路掘下去，雖然疑心，卻也希望着意外的見了小白兔的，但是待到底，卻只見一堆爛草夾些兔毛，怕還是臨蓐時候所鋪的罷，此外是冷清清的，全沒有甚麼雪白的小兔的蹤跡，以及牠那只一探頭未出洞外的弟弟了。

氣憤和失望和淒涼，使伊不能不再掘那牆角上的新洞了。一動手，那大的兩匹便先竄出洞外面。伊以為牠們搬了家了，很高興，然而仍然掘，待見底，那裡面也鋪着草葉和兔毛，而上面卻睡着七個很小的兔，遍身肉紅色，細看時，眼睛全都沒有開。

一切都明白了，三太太先前的預料果不錯。伊為預防危險起見，便將七個小的都裝在木箱中，搬進自己的房裡，又將大的也捺進箱裡面，勒令伊去哺乳。

三太太從此不但深恨黑貓，而且頗不以大兔為然了。據說當初那兩個被害之先，死掉的該還有，因為牠們生一回，決不至於只兩個，但為了哺乳不勻，不能爭食的就先死了。這大概也不錯的，現在七個之中，就有兩個很瘦弱。所以三太太一有閒空，便捉住母兔，將小兔一個一個輪流的擺在肚子上來喝奶，不准有多少。

母親對我說，那樣麻煩的養兔法，伊歷來連聽也未曾聽到過，恐怕是可以收入《無雙譜》的。

白兔的家族更繁榮；大家也又都高興了。

但自此之後，我總覺得淒涼。夜半在燈下坐着想，那兩條小性命，竟是人不知鬼不覺的早在不知甚麼時候喪失了，生物史上不着一些痕跡，並S也不叫一聲。我於是記起舊事來，先前我住在會館裡，清早起身，只見大槐樹下一片散亂的鴿子毛，這明明是膏於鷹吻的了，上午長班來一打掃，便甚麼都不見，誰知道曾有一個生命斷送在這裡呢？我又曾路過西四牌樓，看見一匹小狗被馬車軋得快死，待回來時，甚麼也不見了，搬掉了罷，過往行人憧憧的走着，誰知道曾有一個生命斷送在這裡呢？夏夜，窗外面，常聽到蒼蠅的悠長的吱吱的叫聲，這一定是給蠅虎咬住了，然而我向來無所容心於其間，而別人並且不聽到……

假使造物也可以責備，那麼，我以為它實在將生命造得太濫了，毀得太濫了。

嗥的一聲，又是兩條貓在窗外打起架來。

"迅兒！你又在那裡打貓了？"

"不，牠們自己咬。牠哪裡會給我打呢。"

我的母親是素來很不以我的虐待貓為然的，現在大約疑心我要替小兔抱不平，下甚麼辣手，便起來探問了。而我在全家的口碑上，卻的確算一個貓敵。我曾經害過貓，平時也常打貓，尤其是在牠們配合的時候。但我之所以打的原因並非因為牠們配合，是因為牠們嚷，嚷到使我睡不着，我以為配合是不必這樣大嚷而特嚷的。

況且黑貓害了小兔，我更是"師出有名"的了。我覺得母親實在太修善，於是不由的就說出模棱的近乎不以為然的答話來。

造物太胡鬧，我不能不反抗它了，雖然也許是倒是幫它的忙……

那黑貓是不能久在矮牆上高視闊步的了，我決定的想，於是又不由的一瞥那藏在書箱裡的一瓶青酸鉀。

一九二二年十月。

鴨的喜劇

俄國的盲詩人愛羅先珂君帶了他那六弦琴到北京之後不久，便向我訴苦說：

"寂寞呀，寂寞呀，在沙漠上似的寂寞呀！"

這應該是真實的，但在我卻未曾感得；我住得久了，"入芝蘭之室，久而不聞其香"，只以為很是嚷嚷罷了。然而我之所謂嚷嚷，或者也就是他之所謂寂寞罷。

我可是覺得在北京彷彿沒有春和秋。老於北京的人說，地氣北轉了，這裡在先是沒有這麼和暖。只是我總以為沒有春和秋；冬末和夏初銜接起來，夏才去，冬又開始了。

一日就是這冬末夏初的時候，而且是夜間，我偶而得了閒暇，去訪問愛羅先珂君。他一向寓在仲密君的家裡；這時一家的人都睡了覺了，天下很安靜。他獨自靠在自己的臥榻上，很高的眉棱在金黃色的長髮之間微蹙了，是在想他舊遊之地的緬甸，緬甸的夏夜。

"這樣的夜間，"他說，"在緬甸是遍地是音樂。房裡，草間，樹上，都有昆蟲吟叫，各種聲音，成為合奏，很神奇。其間時時夾着蛇鳴：'嘶嘶！'可是也與蟲聲相和協……"他沉思了，似乎想要追想起那時的情景來。

我開不得口。這樣奇妙的音樂，我在北京確乎未曾聽到過，所以即使如何愛國，也辯護不得，因為他雖然目無所見，耳朵是沒有聾的。

"北京卻連蛙鳴也沒有……"他又歎息說。

"蛙鳴是有的！"這歎息，卻使我勇猛起來了，於是抗議說，"到夏天，大雨之後，你便能聽到許多蝦蟆叫，那是都在溝裡面的，因為北京到處都有溝。”

“哦……”

過了幾天，我的話居然證實了，因為愛羅先珂君已經買到了十幾個蝌蚪子。他買來便放在他窗外的院子中央的小池裡。那池的長有三尺，寬有二尺，是仲密所掘，以種荷花的荷池。從這荷池裡，雖然從來沒有見過養出半朵荷花來，然而養蝦蟆卻實在是一個極合適的處所。

蝌蚪成群結隊的在水裡面游泳；愛羅先珂君也常常踱來訪牠們。有時候，孩子告訴他說，“愛羅先珂先生，牠們生了腳了。”他便高興的微笑道，“哦！”

然而養成池沼的音樂家卻只是愛羅先珂君的一件事。他是向來主張自食其力的，常說女人可以畜牧，男人就應該種田。所以遇到很熟的友人，他便要勸誘他就在院子裡種白菜；也屢次對仲密夫人勸告，勸伊養蜂，養雞，養豬，養牛，養駱駝。後來仲密家裡果然有了許多小雞，滿院飛跑，啄完了鋪地錦的嫩葉，大約也許就是這勸告的結果了。

從此賣小雞的鄉下人也時常來，來一回便買幾隻，因為小雞是容易積食，發痧，很難得長壽的；而且有一匹還成了愛羅先珂君在北京所作唯一的小說《小雞的悲劇》裡的主人公。有一天的上午，那鄉下人竟意外的帶了小鴨來了，咻咻的叫着；但是仲密夫人說不要。愛羅先珂君也跑出來，他們就放一個在他兩手裡，而小鴨便在他兩手裡咻咻的叫。他以為這也很可愛，於是又不能不買了，一共買了四個，每個八十文。

小鴨也誠然是可愛，遍身松花黃，放在地上，便蹣跚的走，互相招呼，總是在一處。大家都說好，明天去買泥鰍來餵牠們罷。愛羅先珂君說，“這錢也可以歸我出的。”

他於是教書去了；大家也走散。不一會，仲密夫人拿冷飯來餵牠們時，在遠處已聽得潑水的聲音，跑到一看，原來那四個小鴨都在荷池裡洗澡了，而且還翻觔斗，吃東西呢。等到攔牠們上了岸，全池已經是渾水，過了半天，澄清了，只見泥裡露出幾條細藕來；而且再也尋不出一個已經生了腳的蝌蚪了。

"伊和希珂先，沒有了，蝦蟆的兒子。"傍晚時候，孩子們一見他回來，最小的一個便趕緊說。

"唔，蝦蟆？"

仲密夫人也出來了，報告了小鴨吃完蝌蚪的故事。

"唉，唉！……"他說。

待到小鴨褪了黃毛，愛羅先珂君卻忽而渴念着他的"俄羅斯母親"了，便匆匆的向赤塔去。

待到四處蛙鳴的時候，小鴨也已經長成，兩個白的，兩個花的，而且不復咻咻的叫，都是"鴨鴨"的叫了。荷花池也早已容不下牠們盤桓了，幸而仲密的住家的地勢是很低的，夏雨一降，院子裡滿積了水，牠們便欣欣然，游水，鑽水，拍翅子，"鴨鴨"的叫。

現在又從夏末交了冬初，而愛羅先珂君還是絕無消息，不知道究竟在哪裡了。

只有四個鴨，卻還在沙漠上"鴨鴨"的叫。

一九二二年十月。

趣味重溫（3）

一、你明白嗎

1. 〈社戲〉中，魯迅說外祖母家所在的平橋村是他的樂土，是因為他在那裡可以做許多有趣的事，除了＿＿＿＿＿＿不允許。
   a. 釣蝦
   b. 放牛
   c. 鳧水
   d. 和小夥伴划船去看戲

2. 〈兔和貓〉中三太太的那對白兔事實上總共生產了幾隻小兔？
   a. 兩隻
   b. 七隻
   c. 九隻
   d. 九隻以上

3. 〈兔和貓〉中，對於第一窩小兔生命的悄然喪失，不同的人有不同的反應。
   三太太是＿＿＿＿＿＿＿＿＿＿＿＿＿＿＿＿＿＿。
   魯迅是＿＿＿＿＿＿＿＿＿＿＿＿＿＿＿＿＿＿＿。
   其他人是＿＿＿＿＿＿＿＿＿＿＿＿＿＿＿＿＿＿。

4. 〈兔和貓〉中絕大部分筆墨寫兔，並多次寫到兔的可愛，這在文中有何作用？
   a. 增添童趣。
   b. 突出文章重點。
   c. 反襯貓之殘暴。
   d. 文不太對題。

5. 〈鴨的喜劇〉中失明詩人愛羅先珂君為甚麼要養蝌蚪？
   - a. 他想研究蝌蚪變蛤蟆的過程。
   - b. 他太寂寞，想聽蛤蟆叫。
   - c. 給他後來養的小鴨準備飼料。
   - d. 想看小蝌蚪在水裡遊來遊去的樣子。

二 、想深一層

1. 〈社戲〉寫魯迅小時在趙莊看戲，其實沒看到甚麼出色表演，但魯迅卻說“一直到現在，我實在再沒有吃到那夜似的好豆，——也不再看到那夜似的好戲了。”

   那夜的戲和豆好在哪裡？

2. 寫人要會寫動作和行為，請細味以下例子。

   a.〈鴨的喜劇〉描寫俄國盲詩人：

   聽覺敏鋭的例子＿＿＿＿＿＿＿＿＿＿＿＿＿＿＿＿＿＿＿＿

   依賴觸覺的例子＿＿＿＿＿＿＿＿＿＿＿＿＿＿＿＿＿＿＿＿

   有生活情趣的例子＿＿＿＿＿＿＿＿＿＿＿＿＿＿＿＿＿＿＿

   看不見蝌蚪的例子＿＿＿＿＿＿＿＿＿＿＿＿＿＿＿＿＿＿＿

   b.〈社戲〉描寫夜航旅程中少年夥伴偷豆的表現：

   雙喜細心的例子＿＿＿＿＿＿＿＿＿＿＿＿＿＿＿＿＿＿＿＿

   阿發真誠得叫人驚奇的例子＿＿＿＿＿＿＿＿＿＿＿＿＿＿＿

3. 〈鴨的喜劇〉先寫俄國盲詩人抱怨在北京甚麼動物叫也聽不到，然後買蝌蚪想聽蛙叫，又買小鴨子。文章最後，四個鴨在“鴨鴨”的叫。這篇文章的主角是甚麼呢？長大的鴨在叫，與俄國盲詩人離開北京回俄國，對魯迅會勾起甚麼感覺？

三、延伸思考

1. 好的文學家風格多樣，〈社戲〉寫童年趣事，一掃魯迅大多數作品的冷鬱氣氛，〈兔和貓〉、〈鴨的喜劇〉的題材也不像〈狂人日記〉、〈孔乙己〉、〈阿Q正傳〉那麼憂國憂民。〈吶喊〉這麼多篇文章的風格，你最喜歡哪一種？如果你自己寫作，會擅長那一種？

2. 〈兔和貓〉雖然寫的是養寵物，但魯迅還是不忘寫得尖銳。魯迅也不是唯一以動物關係寫文章發議論的作家，唐代詩人杜甫有一首〈縛雞行〉詩，講養的雞與雞吃的蟲子的問題，從杜甫詩集或網上找來，看看杜甫發的又是甚麼議論。你自己或朋友有沒有養寵物？如果你們寫寵物題材，又會選擇甚麼角度？

參考答案

趣味重溫（1）

一、 你明白嗎

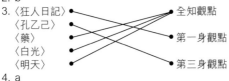

1. c, b.
2. b
3. 〈狂人日記〉 全知觀點
   〈孔乙己〉 第一身觀點
   〈藥〉 第三身觀點
   〈白光〉
   〈明天〉
4. a

二、 想深一層

1. 科舉制度 小栓
   專制統治 狂人
   愚昧 陳士成
   僵化的道德 夏瑜
2. 年青時 a. 吶喊 b. 希望 j. 慷慨激昂 l. 做夢；《吶喊》時 c. 高興 d. 不安 e. 寂寞 f. 痛苦 g. 悲哀 i. 反省 k. 聽將令；兩階段都不是 h.憤懣
3. 小栓吃藥──茶客談藥──小栓病死； 夏瑜的血做成人血饅頭──茶客談夏瑜──革命失敗
4. 哀其不幸的，例如考試失敗，窮困潦倒，被打致殘等； 怒其不爭的，例如放不下讀書人架子（再潦倒也要穿長衫），不踏實做人而好吃懶做終至偷書度日等。
5. c

三、延伸思考（此部分不設答案，讀者可自由回答。）

趣味重溫（2）

一、 你明白嗎

1. b, c, a
2. 一代不如一代
3. a. 喂 b. 辮子 c. 膝關節
4. b. 學潮 c. 革命黨 g. 假洋鬼子
5. 閏土、人力車夫

二、想深一層

1.

我吃了一嚇，趕忙抬起頭，卻見一個凸顴骨，薄嘴唇，五十歲上下的女人站在我面前，兩手搭在髀間，沒有繫裙，張着兩腳，正像一個畫圖儀器裡細腳伶仃的圓規。〈故鄉〉

一個渾身黑色的人，站在老栓面前，眼光正像兩把刀，刺得老栓縮小了一半。那人一隻大手，向他攤着；一隻手卻撮着一個鮮紅的饅頭，那紅的還是一點一點的往下滴。〈藥〉

“義哥是一手好拳棒，這兩下，一定夠他受用了。”壁角的駝背忽然高興起來。“他這賤骨頭打不怕，還要說 可憐可憐哩。”花白鬍子的人說，“打了這種東西，有甚麼可憐呢？”〈藥〉

我想：我同趙貴翁有甚麼仇，同路上的人又有甚麼仇；只有廿年以前，把古久先生的陳年流水簿子，踹了一腳，古久先生很不高興。〈狂人日記〉

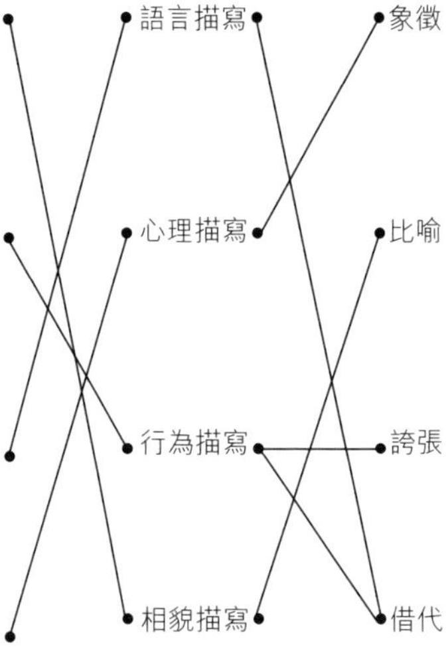

語言描寫　　象徵

心理描寫　　比喻

行為描寫　　誇張

相貌描寫　　借代

2. a. 兵（戰爭）：風波，阿 Q 正傳，頭髮的故事，端午節
   b. 匪：阿 Q 正傳
   c. 官：阿 Q 正傳，端午節，頭髮的故事（管留學經費的監督）
   d. 紳：孔乙己，阿 Q 正傳，風波，狂人日記，白光

3. 有希望的原因是看見下一代孩子，亦即宏兒和水生。 對希望，與〈吶喊〉自序不同，魯迅在〈故鄉〉說“我想：希望是本所謂有，無所謂無的。這正如地上的路：其實地上本沒有路，走的人多了，也便成了路。”〈故鄉〉這段話強調了理想的意義，表達了我追求新生活的堅定信念。

4.

我們先前──比你闊的多啦！你算是甚麼東西！　　自欺欺人

打蟲豸，好不好？我是蟲豸──還不放麼？　　恃強凌弱

他擎起右手，用力的在自己臉上連打了兩個嘴巴，熱剌剌的有些痛；打完之後，便心平氣和起來，似乎打的是自己，被打的是別一個自己。　　自高自大

阿Q看見自己的勳業得了賞識，便愈加興高采烈起來：“和尚動得，我動不得？”他扭住伊的面頰。　　自輕自賤

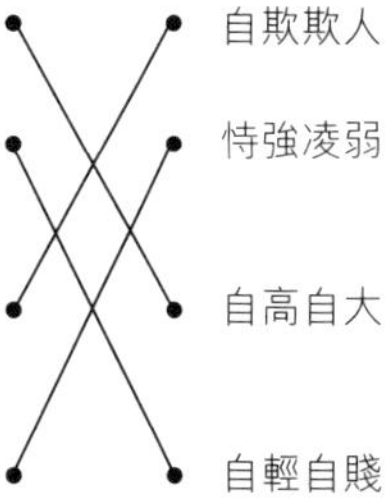

三、延伸思考（此部分不設答案，讀者可自由回答。）

趣味重溫（3）

一、 你明白嗎

1. c
2. d
3. 三太太：氣憤、失望和淒涼。
   魯迅：淒涼、感慨萬千。
   其他人：漠不關心。
4. a 、c
5. b

二 、想深一層

1. 好在戲是少年時代和一群小夥伴一起看的，豆是和小夥伴一起煮吃的。
2. a. 聽覺敏鋭：聽到緬甸多種動物聲，又或察覺到北平寂寞無動物聲。
   依賴觸覺：買小鴨子前在手上感觸到毛茸茸。
   有生活情趣：愛有生活氣息的東西，一知道北平可以聽到蛙叫就去買蝌蚪，又不吝錢買小鴨子，豪爽地買鴨飼料。
   看不見蝌蚪：靠孩子報告來知道蝌蚪長出腳，知道被小鴨吃掉。
   b. 雙喜的細心：雖然豆殼豆莢掉到河中無影無踪，但留意到船主八公公會因柴鹽少了而發現。
   阿發的真誠：認真地檢查兩家的豆，決定自家的豆大，偷自家的豆。
3. 主角是俄國盲詩人愛羅先珂。盲詩人回國，再無音訊，他留下的鴨子的叫聲勾起魯迅懷念這位朋友。

三、延伸思考（此部分不設答案，讀者可自由回答。）